大畫情聖
七
天縱奇才
上山打老虎 著

大畫情聖

【目錄】

第一〇一章
龍爭虎鬥

對沈傲，他是極為了解的，這是個絕不肯吃虧之人，
就算知道對方是自己，在競爭時他也絕不會手下留情，
所以，就算沈傲知悉了趙恆的身分，也一定會拿出全部的實力。
龍爭虎鬥，趙佶樂見其成。

藝考殿試足有五六種之多，趙佶已算是一個興趣廣泛的皇帝，書畫考試時，都曾刻意延長了不少殿試的時間，可是對阮試顯然不感興趣，只看了這幾個貢生的作品，便興致闌珊地揮退諸人，倒是對下一場的玉試頗感興趣，向楊戩道：

「宣玉試的貢生進來。」

楊戩高聲道：「宣玉試貢生入殿。」他話及出口，一浪高過一浪的聲音便自講武殿一直傳到宮牆之外去。

過不多時，四五個貢生進來，納頭便拜，趙佶目光輕輕掃了一眼，那目光卻是在一個三十歲的中年人身上微微停頓，掠過一絲不可思議，隨即又恢復神色，呵呵笑道：

「好，好，好，斷玉俊傑盡皆匯聚於此了，朕府庫中的珍玩無數，今日便教諸卿來斷一斷。」

沈傲在貢生中逡巡，心中不禁地想，到底哪個是大皇子？考中的幾個貢生，大多年歲不小，唯有一個頗爲符合大皇子的年齡，這個人有點面熟啊，好像玉試時見過。沈傲很快想起來了，王放，這個相貌平庸，甚至還有些庸庸碌碌的人自稱是王放，莫非他就是大皇子？

沈傲不由多打量了王放幾眼，只見王放在這殿中不疾不徐，既不拘謹，也沒有露出絲毫的狂妄之態，臉色淡然，甚至嘴角似是還揚著些許的笑意。

皇上自稱自己是王吉，他自稱是王放，是了，看此人從容淡定的神態，這人還真是大皇子。

沈傲想不到自己也有看走眼的時候，此時眼見這平庸的大皇子，心下瞭然，難怪趙佶喜歡皇三子趙楷，趙楷英俊瀟灑，文采出眾，而這位大皇子趙恆卻是庸庸碌碌，同樣都是兒子，趙佶偏愛趙楷是理所當然的事。

沈傲心中默想著關於趙佶的一些資料，這個大皇子，在趙佶在位時一直聲名不顯，甚至在趙佶禪位給他時，他幾次拒絕，甚至哭到昏天暗地，幾近昏厥的地步。雖說那個時候金軍已經大軍壓境，可是這位大皇子當真對帝位一點都不動心？

若是單純地只看一些古籍，沈傲或許會相信這個推論，可是現在看來，趙恆之所以作出這種表現，只怕是另有所圖。

不爭是爭，這個道理許多人明白，卻又不明白，而趙恆明顯並不像史書所記載的那樣懦弱，他更像是一隻潛伏已久的野獸，不到最後時刻，絕不作勢猛撲，趙佶還在，他就是再爭，又能如何？與其如此，不如表現出對帝位毫無野心，投取父皇的喜歡，伺機而動的好。

就比如這次玉考，趙佶好花石古玩，這是人所共知的事，否則那生辰綱、花石綱又是從哪裏來的？趙楷一舉考中狀元，他自問自己的文采比不上趙楷，於是另闢他途，選

擇了玉考，希望通過玉考，在趙佶面前展示自己的才能。

「有意思，皇子要討取歡心，本公子卻要做他的絆腳石，好吧，那就試試看，看看這個大皇子的斷玉本事是否像傳說中的那樣厲害。」

沈傲一時信心滿滿，躍躍欲試，他最大的本事便在鑑寶上，所見的古玩奇珍不計其數，相信不會比趙恆少一分半點，今日遇到強手，心裡情不自禁地生出爭強好勝之心。

這時，趙恆不經意地朝沈傲瞥來一眼，見了沈傲，不喜不怒，淡定從容地抿嘴一笑，這笑容絕不是善意討好，只有沈傲明白，趙恆的挑釁意味很濃。

「來人，將朕收藏的珍物呈上。」趙佶顯得興致勃勃，金口一開，兩個內侍早已做好準備，從側殿抬出一方長方形的瓶狀物體。

這器物形似大碗，圓口，雙耳，圈足；器身雕刻有青銅紋飾，湊近了看，紋飾上是一頭惡虎，追逐著鹿群，惡虎極其凶惡，猶如從天而降，麋鹿們紛紛四散而逃。

六七個貢生紛紛將目光落在這器物上，屏息不語。

趙佶微微一笑，臉上略有得色，要讓這些貢生排列出名次，只怕並不容易。須知斷玉到了一種境界，其水平相當，很難分出高下；唯一的辦法就是出題，出難題，題目越難，才能將人逐一淘汰。

而這個器物，趙佶珍藏已久，今日現出來，自是有信心能夠難倒斷玉貢生。他微微笑著撫鬚，眼睛時而落在趙恆身上，深邃的眼眸似是掠過一絲疑色，最後又落在沈傲身上，心中隱隱有些期盼。到底是沈傲會勝出，還是趙恆能奪魁？

對沈傲，他是極爲了解的，這是個絕不肯吃虧之人，就算知道對方是自己，在競爭時他也絕不會手下留情，所以，就算沈傲知悉了趙恆的身分，也一定會拿出全部的實力。龍爭虎鬥，趙佶樂見其成。

貢生的身前桌案，都放置著筆墨紙硯，只要認出了這器物，便可將器物的年代、來歷俱都寫在紙上，再呈交皇帝御覽。

器物搬上來，非但貢生們引頸相看，就連周正等愛好斷玉之人，也都目不轉睛地看著這古怪的器物出神。

沈傲只看這青銅器物的形狀，頓時便明白了，這是東周末年的禮器，所謂禮器，有著森嚴的等級差別，從西周開始，禮器便在貴族階層廣泛運用，到了東周時期，由於禮制的加強，一些用於祭祀和宴飲的器物被賦予特殊的意義，成爲禮制的體現，這就是所謂的「藏禮於器」。

如青銅鼎，按照禮制組合成的所謂「列鼎」，就有十分嚴格的規定，後世所流傳下來的「天子九鼎，諸侯七，大夫五，元士三」，便是當時社會主要等級特徵。

而眼前這個器物，非鼎非壺，倒是讓沈傲想起了一件在後世百科全書記錄的器物——觥。

所謂觥，原本只是商代晚期用來盛飯的餐具，隨著西周的建立，禮制逐漸建立，餐具逐漸演變爲禮器，眼前這個觥，式樣精美，紋飾清晰，絕對不可能是用來盛飯的，主要的用途應當是祭祀。

觥的製造工藝從商末角形圈足式，到西周的橢圓體龍蓋圈足式，再到東周時期的長方體垂角獸頭蓋圈足式，工藝已經越來越精湛，而眼前這方觥，明顯有東周時期的工藝特點。

只不過，這方觥卻給人以異樣的感覺。觥是禮器，禮器便有禮器的規定，如天子雕飾什麼圖案，諸侯只能用多大的體積，這些規矩是必須遵守的。除此之外還有紋飾，紋飾是不允許標新立異，隨意揑造的，畢竟是祭祀祖先的器物，不能出絲毫差錯。

雖然隨著時間的推移，紋飾也逐漸會發生某些變化，可是這方觥的紋飾上，卻是一隻惡虎逐鹿，這幾乎是紋飾的大忌。觥的雕飾可以繪製龍虎，可是逐鹿這種式樣，卻是萬萬不能雕刻。

遠在周時期，鹿便被賦予了許多神聖的意義，如商紂王建造的宮殿，便叫鹿台；此外，鹿也是一種酒器，屬於禮器中的一種，不容褻瀆。再之後又演化爲秦失其鹿，將鹿象徵成爲「王權」，所以，不管是商周秦漢，「逐鹿」二字，都是忌諱之詞。

一個祭祀的禮器，卻雕飾這樣的圖案，這在當時，幾乎可以當作是大逆不道了。

沈傲不由地在心中叫苦，眼望其他貢生。這些人與自己都是陷入深思、愁眉不展狀，只怕都察覺出其中的異樣。沈傲屏住呼吸，開始回憶那個時代的歷史。

按道理，能做出這種大逆不道行爲的，在當時唯有一個諸侯——楚王。東周到了周恆王時期，王權式微，先是周恆王征伐當時不聽話的諸侯國鄭國，竟是大敗而歸，自此之後，鄭國崛起，而當時的楚國也趁著這個時期自立爲王。

這個舉動，在當時的周朝，是驚天動地的大事，天無二日，山無二虎，周王分封諸侯各國，楚國竟是敢自立爲王，由此可見，當時楚國對於周王已經沒有了任何的尊敬，且已生出了勃然的野心，時刻欲將周朝取而代之。

所以，尤其是在楚王熊通當政時期，製造各種違制的禮器是絕對有可能的。楚國有這樣的實力，也有這樣的野心，他們將自己比喻爲猛虎，將周王與東方諸侯喻爲麋鹿，早已生出逐鹿之心。

這是眼下最爲合理的解釋，只是當沈傲細看這觥時，又是一陣苦笑。楚文化的特點與中原文化略有不同，若是觥上有楚文化的痕跡，那麼自己的判斷自是正確無比，偏偏這觥上非但沒有荆楚文化的印記，反是中原文化的痕跡隱約可見，倒是帶著些燕趙文化的特點。

這倒是奇了，當時的燕趙二國，一向自詡正統諸侯，教他們去做這種有違禮制的舉動絕無可能，道理很簡單，這兩個諸侯國與當時並存的齊、楚、秦等國相較起來，其實力不足以令他們生出勃勃的野心，一旦做出如此違逆的舉動，大國完全有理由組成聯軍對其進行討伐，在當時，中小國家一旦失去了道義的制高點，早晚要釀成滅頂之災。

這就成了問題的所在，最不可能製造的觥被人製造出來，最不可能製造的國家卻製造了這個大逆不道的禮器，在禮崩樂壞的東周，這樣的事也足以駭人聽聞。

沈傲沉思，提著筆踟躕不決，正是這個時候，趙恆唇邊泛出一絲微笑，已開始在書案上下筆疾書起來。沈傲震驚地望了趙恆一眼，不禁地想：「莫非大皇子已經看出了這觥的來歷？」

沈傲在心裡略略吃驚，大皇子的實力果然不容小覷，有了壓力，沈傲定住心神再不想其他，完全沉浸在思考之中。

突然，一個諸侯國的名字如閃石電光一般在沈傲腦海劃過——中山。

所謂的中山，是當時東周時期的一個國家。這個國家與東方諸侯國有極大的不同，甚至於連民族成分也是不同，若是楚國還出自高陽氏，雖被人斥爲蠻夷，可是血統卻與各諸侯國並無不同。可是這個中山，卻是由當時的鮮虞部落聯盟組成，屬於正宗的蠻族，他們先是在陝北一帶立足，被晉國滅國之後，又遷往河北一帶建國，苟延殘喘了數百年之久。

而這個中山國，由於並不屬於周王室的分封體系，因此他們自立建國之後，便始終以中山王的面貌出現，在它的鄰側燕趙兩國都還是諸侯的時候，他們已經自封爲王了。

這個民族的聯盟，進入中原腹地之後，漸漸的開始學習燕趙的文化技藝，也吸取了一些燕趙禮制的特點。可是他們的禮制，終究與當時的東周諸侯國不同，什麼天子九鼎諸侯五鼎，對於中山國人來說，自是不受他們的條條框框。

只有這個理由，才能解釋眼前這個奇怪的觥，可以想像在當時，身爲異族的中山國，開始吸取燕趙的技藝和文化，他們學習了製造青銅器的工藝，並且開始製造各種祭祀的禮器，只不過對於中原文化中繁複的禮制規定，中山國人卻是不屑一顧，他們有自己獨特的文化，有自己的始祖也有自己的風俗習慣，所以當他們祭祀時，雖然也開始採取青銅器來告慰自己的先靈，可是對於禮器的紋飾並沒有苛刻的要求，他們隨性而爲，將猛虎雕刻在觥上，隨即又雕刻了四散奔逃的麋鹿，猛虎比喻的乃是祭祀的先靈，盛讚他們生前的英勇；至於麋鹿，則是先靈們曾經的敵人和對手，他們臣服、恐懼、匍匐在先靈的獠牙之下，驚慌失措，膽戰心驚。

沈傲吁了口氣，眼睛又落在銅觥的工藝上，果然，在接縫處，沈傲看到許多細微的瑕疵，有幾處甚至能用粗劣來形容。

這一點證實了他的想法，青銅器到了東周後期，其製造的工藝經過數百年的發展，已經到了完美無瑕的地步，尤其是這種祭祀禮器，製造起來更爲細膩，莫說是瑕疵，便是一點點細微的遺漏，也是對先祖的褻瀆。那麼可以想像，當時的中山人雖然學習到了銅器的製造之法，可是技術並不精湛，以至於連祭祀的禮器，都有粗製濫造之嫌。

鑑寶最重要的素質在於大膽假設，小心求證，假設需要極其豐富的歷史知識，和活躍急智的大腦，求證時，卻又得要無比的細膩和一絲不苟的態度，沈傲先是大膽假設，隨即再細膩觀察，此時心中已有了幾分把握。

不過，另一個問題又來了，既是中山禮器，可是中山國前後分爲三個時期，分別是鮮虞中山、前中山國、後中山國，鮮虞中山定國陝北一帶，很快被晉國消滅，而前中山地處魏國境內，旋即也被魏國擊敗除國，後中山遷徙到趙國境內，以太行山爲根基建國，最後爲趙國所滅。

這三個中山國前後跨度數百年之久，若是不能斷定它們的特徵，就很難斷定銅觥的年代，沈傲頓時又陷入了深思中。

鮮虞中山暫時可以排除，因爲這個時期的中山國在陝北境內，不可能受到當時河北燕趙文化的影響；至於後中山時代，當時的中山國已與中原文化徹底的融合，與中原各諸侯國並沒有多少區別，暫時也可以排除。

最大的可能，就是前中山國，因爲當時的前中山國已經逐漸遷徙到了河北，趁著三家分晉的時機迅速建國，並且開始倣效中原文化，融合了一些燕趙文化的特點，與此同時，又具有一定的獨立性。

若是將其定位爲前中山國的話，要繼續推論就簡單了，這樣的禮器，絕不可能是一件單一的物品，應當成套才是，不但要有觥，還會有鼎、鬲、簋、爵等名目眾多的祭祀用品。

對於一個小小的中山國來說，要成套的冶煉這些青銅器並不簡單，就算是在燕趙二國，要鑄造一方銅鼎、銅爵、銅觥，也需動用數百工匠日夜勞作，而中山國本就地少民寡，要徵集如此多的工匠更是難上加難。

那麼，這銅觥就可以推論出應當是前中山國最爲鼎盛的時期鑄造的，前中山國的歷史不過百年，在位的君王只有兩位，根本不需要去逐一研判，沈傲便將目標鎖定在中山武公身上。

這個中山武公，就是率領部落離開山區，向東部平原遷徙的首位前中山國君主。

武公仿效華夏諸國的禮制，建立起中山國的政治軍事制度，對國家進行了初步治理，在他的生前，前中山國迅速鼎盛起來，等他死後，他的兒子剛剛即位，很快地遭到魏國的侵略，三年之後，前中山國滅亡。

可以想見，當時的中山武公羨慕中原文化，在建國之後，趁著和平時機開始著手治理國家，並且將中山國推到了前所未有的強盛，他爲了倣效中原各諸侯國，也開始發動人力物力建立禮器，以彰顯自己身分，而這件銅觥，便是當時中山國禮器中的一種。

沈傲略一推算，已是信心十足，提筆在紙上寫道：「中山國禮器，銅觥，周威烈王時中山武公鑄造……」

沈傲要交試卷，楊戩過來正準備接，卻聽到耳畔傳出一個聲音道：

「楊公公，勞煩你將我的試卷呈上去。」

說話之人正是趙恆，原來趙恆也要交卷了。楊戩呵呵一笑，將兩份試卷一道呈上御案，趙佶淡然地掃了這兩份試卷一眼，先是看了沈傲的試卷，微微一笑，當看到那周威烈王時中山武公鑄造幾個字樣，便不由地笑了，還忍不住地道了一聲好字。

等到再去看趙恆的試卷，趙恆的行書中規中矩，並不引人注目，試題上同樣寫著：周威烈王中山武公製觥。

這二人先後交卷，答案相同，不但斷出了年代，還斷出了出處。時間只過去半個時辰，實力可見一斑，趙佶再叫了一聲好，便又陷入等待之中。

時間分秒的過去，剩餘的幾個貢生額頭上已滲出冷汗，眼見有人斷出了結果，時間已是刻不容緩，若是再斷不出，只怕在這金殿之上，天子近前要大失顏色了。

三炷香燒完，內侍換上第四炷香，煙霧騰騰，那香的氣味充盈不散，沈傲和趙恆好整以暇，趙佶闔目深思，其餘之人，大多仍陷入局中，不能自拔。

待四炷香燃畢，內侍正要高聲宣布玉試結束，一個貢生才匆匆道：「學生交卷。」其餘貢生皆是面露失望之色。

最後一個貢生的卷子交上來，趙佶瞥目看了一眼，只看上面寫道：觥、禮器，中山國鑄。此人只斷出了來歷，對年代卻一無所知，雖是如此，可是比起那些隻字未寫的貢生，已算是很難得了。

趙佶收好卷，教人封存，才不急不徐地道：「諸卿退下，朕還需再思量思量。」

沈傲等人紛紛躬身道：「臣等告退。」其餘的重臣也都行禮告辭，一干人等轟然散去。

出了殿，周正、石英趕過來，周正饒有興趣地問沈傲道：「沈傲，姨父問你，那觥到底有什麼名堂，爲何我看了這麼久，還是尋不到蛛絲馬跡。」

沈傲帶著微笑地將自己的判斷說出來，一路走一路說，不知不覺，已到了正德門外。

周正恍然大悟，笑道：「原來如此，老夫就說那觥如此奇怪。」他笑了起來，有一

種揭開謎題的暢快感：「今日這一番，老夫算是大開眼界了，沈傲是沒有看到，官家將那銅觥擺出來，不知難倒了多少位大人。」他拍了拍沈傲的背道：「你與大皇子同時交卷，鹿死誰手還未可知，你先回府去，給夫人報喜吧。」

沈傲點了點頭，一旁的石郡公笑呵呵地道：「今日四場殿試，狀元公是穩拿的了，難得晉王包庇你，否則那些人突然發難，我和周國公定是給打了個措手不及的。」他故意將那些人三個字說重了一些，意思很明顯，石郡公與這些人一向是水火不容的。

沈傲呵呵一笑，背上突然給人猛地拍了一下，沈傲回眸，正看到晉王哈哈笑著站在自己身後，如頑童一般勾著他的肩，道：「沈才子，我們說好了的，現在就去王府，看我們的邃雅蹴鞠隊去。」說罷，便拉著沈傲要走。

石郡公、周國公面面相覷，忙向晉王趙宗行禮，趙宗卻不理會他們，拉住沈傲的胳膊道：「沈才子，你若是言而無信，本王可不罷休的，走，走，走……」

周正是熟知晉王秉性的，笑呵呵地道：「沈傲，你就隨晉王爺去一趟吧，夫人那邊，我打發人去通報。」

沈傲這才應了一聲，向兩位公爺道別，被晉王強拉上他的馬車，趙宗還似是生怕沈傲逃了，撩起車簾對車夫道：「走，走，快走，莫要停留。」

第一〇二章
空心教頭

哈哈，真是笑話，

汴京城中哪個球社的教頭不是鞠客中脫穎而出的強將，

就算是最低劣的街坊蹴鞠社，那教頭也一定能踢個好球，

這個書生倒是好笑，不會蹴鞠便想教人踢球，未免太不知天高地厚了些。

等到了晉王府，晉王笑容滿面地帶著沈傲徑往王府一側的蹴鞠場去，沿路許多王府的僕役對他行禮，他瞧都不瞧一眼，神氣活現極了。

王府的蹴鞠場佔地極廣，放眼望去，盡是一片沙地，蹴鞠場的兩旁，各矗立著一桿長竿，竿上是個圓套，圓套並不大，約莫兩個頭的大小，這個時候的蹴鞠和後世的足球仍有不同，就比如這球門，後世的球門極大，要踢進去容易的多。而這個時候的球門半懸在空中，且極難射入，這就要求鞠客們比之後世的球員技藝更高。

在蹴鞠場上，已有不少包著頭帶的鞠客如踢毽子一般練習著球技，他們大多身子較爲羸弱，短小瘦小，據說是因爲在蹴鞠對抗時，身體越小，越能佔盡優勢。

趙宗朝鞠客們招手，鞠客們紛紛聚攏過來，等他們湊近了，沈傲才發現，這些人雖然瘦小，卻個個精悍，體內似乎暗藏著許多衝勁。

其中一個中年漢子站出來，這人與其他鞠客不同，並沒有穿著運動的短褂馬褲，而是一襲長衫，頭戴著方巾，顎下一縷長鬚，眼眸精光閃閃，朝晉王行了個禮，道：「王爺。」

趙宗興致勃勃地道：「原來是吳教頭，吳教頭，這位便是本王和你提起的沈才子，哈哈，你們要多親近親近才是，沈才子很了不起的，琴棋書畫無不精通，蹴鞠之道也頗有心得，吳教頭，他現在便是我們邃雅蹴鞠社的副教頭了，諸位要精誠團結，備戰蹴鞠大賽，一定要取個好名次出來，本王大大有賞，絕不虧待諸位。」

趙宗的這番話，令鞠客們怦然心動，在他們心中，晉王對鞠客一向是極大方的，只要這一次取個名次，晉王一高興，獎賞必是不菲。

那吳教頭卻只是從容一笑，對趙宗的話恍若未覺，捋著長鬚上下打量沈傲，心中生出強烈的警惕。

吳教頭在汴京蹴鞠社中頗有名望，地位不低，否則晉王也不會重金將他聘來做教頭。原本在這晉王府，吳教頭每月有不菲的月例，有空閒時教導教導鞠客們踢球，日子過得頗爲瀟灑，原以爲這輩子算是安頓了，誰知今日，晉王又請了個教頭來。

雖然沈傲只是個副教頭，可是在各大蹴鞠社中，這種情況卻是極爲少見。須知蹴鞠講的是號令如一，有一個教頭就已足夠，現在多了個副職，此人又大受晉王的吹捧，吳教頭心中自是不悅。

「哼！此人這般年輕，在蹴鞠社中又名不見經傳，也敢做副教頭，琴棋書畫作的好又如何？這是蹴鞠，蹴鞠如練兵，蹴鞠競賽如戰場，本教頭便是軍中大將，要你一個書生來做什麼？」

吳教頭眼眸中閃過的一絲不悅落入沈傲的眼中，心裡已明白，自己的出現，對於吳教頭來說，本身就是一種挑釁。吳教頭心中一定覺得受了侮辱，堂堂蹴鞠教頭，突然多了個副職，豈不正是說晉王對他的能力有了懷疑，要教人來頂替他？

想到這個，沈傲有些不好意思了，這是搶人飯碗啊，太不厚道了，朝吳教頭躬身行了個禮，笑道：「吳教頭譽滿汴京，學生早就聞名已久，今日一見，果然是盛名不負，學生是後輩，往後還要吳教頭多多指教。」

吳教頭微微冷哼一聲，粗聲粗氣地道：「指教不敢當，聞名已久的話就不必說了，老夫擔當不起。」

他心中已認定沈傲是投機取巧之輩，只當他是不知用什麼法子討得了晉王的歡心，是以在自己面前才低聲下氣，心中對沈傲更加看不起，唇邊突然泛出一絲詭異的笑意，計上心來，道：

「晉王如此器重沈公子，想必沈公子必有天縱之姿了，吳某人倒是要請教，不如就請沈公子在我等面前露上一手，讓我等開開眼界如何？」

沈傲一時頗爲羞愧，蹴鞠，哥不會啊，便正色道：

「我不會蹴鞠。」

這一句話說出來，吳教頭先是一愣，身後的鞠客們也都愣住了，隨即爆發出哄然大笑。

不會蹴鞠也敢做來教頭？哈哈，真是笑話，汴京城中哪個球社的教頭不是鞠客中脫穎而出的強將，就算是最低劣的街坊蹴鞠社，那教頭也一定能踢個好球，這個書生倒是好笑，不會蹴鞠便想教人踢球，未免太不知天高地厚了些。

沈傲見眾人嘲笑，此刻反倒覺得沒有必要再低聲下氣了，客氣是因爲他對吳教頭的尊敬，客氣完了，要想將一支蹴鞠隊帶好，那便是立威的時候。

沈傲的臉上帶著一絲微笑，朗聲道：「學生雖然不會踢球，卻會教人踢球，吳教頭是不信嗎？」

他朝吳教頭發出若有若無的微笑，心中不由地想：「要想鎮住這些傢伙，唯有先從吳教頭身上開刀了。」

吳教頭見他挑釁似地看著自己，冷笑道：「莫非沈公子要和吳某人比一比？」

沈傲笑道：「比，當然要比，以十日爲限，你我各教練一支蹴鞠隊，十日之後，在這蹴鞠場上分個雌雄，如何？」

吳教頭在心中冷哼，沈傲既然向他提出了挑戰，他哪有不應的道理，便冷笑道：「這便好極了，王爺以爲如何？」

趙宗見二人卯上，一開始還覺得有些尷尬，但聽說他們要比試，頓時大悅，道：「好，本王來做公證，十日之後，誰若是能贏，本王賞錢百貫。不過既是比賽，那就需記住，大家都是同社手足，大家切莫手足相殘，不可因爲一場比試失了和氣。」

沈傲心裡大為鄙視，這個晉王，在蹴鞠場上倒是一下子正常了，還知道不能傷和氣。

邃雅蹴鞠社共有鞠客十二人，沈傲與吳教頭各分了六個，那些被指派到沈傲隊中的鞠客一個個叫苦不迭。須知晉王已許諾重賞，哪個隊贏了十日之後的競賽，每人賞錢百貫，如此豐厚的獎勵，卻要眼睜睜地看著易手他人，豈能不為之懊惱？

吳教頭享譽汴京，教練的手段高明，由他帶隊，自是穩贏了；反觀這位沈公子，卻是華而不實，看他手足白皙，估計連蹴球都未碰過，讓這樣的人當教練，哪裏還有勝利的希望？

吳教頭朝著沈傲挑釁似地冷哼一聲，不由地想：「這一次要讓晉王見識見識吳某人的厲害，非要將這沈公子打得一敗塗地不可。」

他不再耽誤時間，朝身後歡天喜地的鞠客們擺了擺手道：「走，隨我去場中訓練。」

晉王訕訕地對沈傲笑道：「吳教頭的脾氣大了些，沈傲，你不會生氣吧？」

「不生氣，不生氣。」沈傲很認真地道：「王爺放心，學生不是三歲孩童，就算有氣，學生也會在十日之後的蹴鞠場上撒出來。」

「這便好，你好好地訓練鞠客吧，本王去給王妃問安了。」晉王嘿嘿一笑，三步一搖地走了。

向王妃問安?你可是王爺啊!沈傲對這晉王的脾氣十分無語，轉過臉去看著六個鞠客，道：「都把自己的姓名報上來。」

六個鞠客垂頭喪氣，逐一地報出自己的名字：

「公子，小人叫范志毅。」

「我叫李鐵。」

「小的叫張超。」

「我叫王勇。」

「鄙人周讓。」

「我叫鄧健。」

范志毅、李鐵?沈傲很是欣賞地道：「名兒都很響亮，很好，我們大宋蹴鞠的希望就落在你們身上了。」

范志毅顯是六人中的領頭之人，懶洋洋地道：「公子這話從何說起?眼下比賽之期只剩下十天，不知公子如何訓練我等?」

沈傲揚揚手，笑嘻嘻地道：「諸位隨我來!」

六人一頭霧水地尾隨著沈傲往王府的正殿走去，接著出了王府的大門，他們不由地驚奇於沈傲的舉動。出王府？出王府做什麼？莫非這沈公子要帶他們再尋個場地練習球技？

范志毅小跑著跟上來，對沈傲道：「沈公子，我們這是去哪裏？」

沈傲笑嘻嘻地道：「大家剛剛認識，本教頭見到幾個大哥頗爲投緣，惺惺相惜之下，自是要先請諸位大哥喝幾口水酒，增進幾分感情才是。」

「喝酒？」范志毅眼珠子都要落下來，心中苦笑：「完了，完了，這哪裏是教頭？除了是個書呆子，原來還是個酒鬼！哎，本鞠客遇人不淑，爲何抽的是長籤？竟被分派到一個書呆子酒鬼手裏？」

心裡一陣唏噓，范志毅與李毅對望一眼，都是苦笑不迭。他們二人在邃雅蹴鞠社中球技不錯，一個擅長踢球，一個擅長射門，是最有希望拿到賞錢的，誰知撞到這位副教頭手裏，只怕勢必要看著那白花花的銀子飛走了。

沈傲尋了家高檔的酒肆，帶著六個鞠客進去，包了間廂房，極爲豪爽地拍桌道：「店家，尋最好的美酒和吃食上來。」

酒菜上席，沈傲爲眾人斟滿酒，笑呵呵地道：「今日能與諸位大哥同心協力，學生歡喜得緊，這一杯酒，權當學生敬意，諸位不必客氣。」

六個鞠客一時有些倉皇無措，人家在訓練，這位教頭卻拉他們來喝酒，沈公子這個人和氣倒是和氣，人也豪爽，可是和氣和豪爽不能當飯吃啊，十日之後的比賽該怎麼辦？

大家心有餘慮地看著眼前的酒杯，卻是遲遲不動；突然，范志毅猛地拍桌，惡狠狠地道：「好，喝！」他橫下了心，管不了那麼多了，先喝了酒再說。

鞠客們這才紛紛舉杯。

幾杯酒下肚，沈傲的話頭便多了，只不過這些話，倒教范志毅等人目瞪口呆。

沈傲帶著滿臉笑意地問：「學生初來乍到，初涉蹴鞠這一行當，許多事都不太懂，還要請教。」

請教就請教吧！范志毅吞下一杯美酒，口中盡是苦澀，天下竟還有教頭向鞠客請教的道理。

沈傲繼續厚著臉皮道：「范大哥果然夠豪爽，夠朋友，學生佩服，學生要問的是，不知這蹴鞠賽都有什麼規矩？」

蹴鞠賽都有什麼規矩？這一句問出來，當真是石破天驚，一旁的李毅已經開始偷偷擦拭眼角的淚花了，范志毅瞪著眼睛看著沈傲道：

「公子連蹴鞠賽的規矩都不知道？」

沈傲見鞠客們看著他的表情都顯得很是怪異，心裡有些不好意思，堂堂教頭，連蹴鞠賽的規矩都不懂，好像是有那麼一點點不太好！

酒酣耳熱，鞠客們最後一點點拘謹矜持都化爲烏有，李鐵、王勇幾個越喝越是悲慟，掩面嗚嗚地哭了，范志毅倒還好一些，卻也是哀嘆連連。

「喂，喂，喂，男兒有淚不輕彈，你們哭個什麼啊？」

范志毅還清醒一些，苦笑道：「沈公子有所不知，我等去王府做鞠客，無非只是養家糊口罷了，今次王爺許下賞錢，眼看著如此豐厚的獎勵不翼而飛，又豈能不悲？沈公子是個豪爽之人，我們也絕沒有怪罪沈公子的意思，只是失了這許多錢財，心中悲苦罷了。」

「哇，你們要振作啊，要有體育精神啊，怎麼能爲了銅臭去踢球，千萬不能學國足，哥哥我還等著你們衝出大宋，衝出亞洲呢！」沈傲心裡大是腹誹，板著臉道：「誰說我們會輸？」

范志毅苦著臉道：「這擺明的事，公子連蹴鞠的規矩都不懂，如何教導我們練習蹴鞠？吳教頭乃是汴京知名的蹴鞠教頭，公子豈是他的對手。」

「這可不一定，本公子自有辦法，總是不教你們輸就是，這賞錢，我們得定了。」沈傲信心滿滿地道。

只可惜這幾個鞠客沒有一個輕信沈傲的豪言壯志，一個個如霜打的茄子，俱都苦笑不已。

沈傲火了：「若是我們輸了，本公子就賠你們每人五十貫如何？不過事先說好，這幾日，本公子說什麼，你們便做什麼，誰若是偷懶，本公子可是不出錢的！」

五十貫！范志毅、李鐵等人聽罷，不由地來了精神，紛紛道：「公子此話當真？」

沈傲好整以暇地吃了口酒，慢吞吞地道：「絕不假！」

方才還是霜打的茄子，如今個個龍精虎猛，紛紛來了勁頭，一個個拍案道：「好，沈公子便是教我們上刀山，下火海，我等也絕無怨言。」

這一次輪到沈傲苦笑了，話說這幾個鞠客，還真有幾分國足的風采。

付了賬，帶著幾個酒力不勝的蹴鞠驍將出了酒肆，已到了傍晚，沈傲吩咐他們先回去養足精神，明日正式訓練，范志毅等人自是無話可說，服服貼貼地回去了。

沈傲回到國公府，便見府門前張燈結彩，許多人提著燈籠在那候著，見到沈傲，以劉文爲首一起蜂擁圍上來，這個道：「恭喜表少爺。」那個道：「表少爺要做官了，將來便是大人啦。」

沈傲笑呵呵地謙虛幾句，要掏錢來給賞，劉文連忙擺手道：「表少爺這是什麼意

思？要給賞，怎麼也得放榜之後再說，現在我們是斷不能接的。」

一個丫頭道：「方才公爺已經叫人傳了話，說是表少爺在殿試上大放異彩，狀元是肯定有的，就是不知是書試狀元還是畫試狀元。」

沈傲不由地想，放榜的時間應當還早，這畢竟不是小事，朝廷最講的是黃道吉日，這個月最好的吉日也在半個月之後，趁著這些時間，正好玩玩蹴鞠倒也不錯，權當是緊張考試之後的彩頭。

沈傲對著劉文問道：「劉主事，夫人還在佛堂嗎？」

劉文連忙正色道：「夫人、少爺小姐都在，就等著你回來。」

沈傲向眾人道：「諸位，等真放了榜，再請諸位吃酒，賞錢我也已準備好了，總不能教大家落空，謝謝大家抬愛，本公子先走一步了。」

急匆匆地進了內府，直奔佛堂，佛堂裏果然坐了一大家子，周恆見了沈傲，喳喳呼呼地道：「表哥，你總算回來了，哈哈，恭喜，恭喜。」

他湊過來，給了沈傲一個熊抱，附在沈傲的耳畔道：「表哥如此出色，我這個表弟可慘了，又被娘訓了一通，這兩日我需出去躲一躲，否則等我爹回來，又不知哪裏要看我不順眼，挨板子是免不了的。」

沈傲呵呵一笑，低聲道：「打著打著也就習慣了，表弟，我很看好你喲！」

周恆在沈傲身上搥了一拳，這一拳來勢很猛，落下時卻很輕，低聲咒罵道：「教你看我笑話！」

沈傲笑呵呵地落座，周若顯得也很高興，臉色紅潤潤的，帶著靦腆的微笑道：「表哥，方才我娘還在問，你什麼時候能做官呢。」

沈傲指了指自己身上的碧服道：「這不就是官了嗎？」

夫人抿嘴笑道：「還早著呢，沒有吏部造冊，不下發官印，我就覺得還不踏實。」

周若道：「娘，這已是板上釘釘的事了，爹不是叫人回來說了嗎？就算殿試出了差池，一個翰林書畫院直院學士是跑不了的。」

夫人頷首點頭，滿是歡喜，笑著道：「這便好，這便好，我們專心致志地等著放榜的那一日，劉文那邊我也要交代一下，要教他採買些東西來，以備酒宴之用。國公府許久沒有什麼喜慶的事了，今次借著沈傲，要好好地熱鬧熱鬧。」

沈傲笑了笑道：「教姨母費心了。」

夫人又道：「今日上午，石夫人來了一趟，說是你給晉王妃治好了什麼花是嗎？晉王妃很高興呢，不過……」夫人臉色一緊，低聲道：「我聽人說那晉王脾氣很古怪，沈傲，你要小心些。」

沈傲哭笑不得，在心裡對夫人無聲地道：「你外甥已經鑽入晉王的圈套了，還有什麼好小心的。」

說了一會兒話，夫人聞到沈傲口中噴吐出酒氣，便問沈傲是不是和人喝酒了，沈傲正要回答，夫人本想教沈傲好好讀書少喝些酒，但又想沈傲剛剛殿試完，尋幾個朋友喝酒是理所應當的事，於是又忙道：

「喝些酒也好，你也累了，先去沐浴，好好歇一歇吧。」

沈傲應下，向夫人道別，便看到周恆朝他眨眼睛，一臉告別的意思，這個表情，沈傲最熟悉不過，這位周大少是打算離家出走避難去了。至於周若，一副認真喝茶的樣子，似是有意躲避沈傲的目光。

沐浴一番，渾身都覺得舒暢了許多，叫人將碧衣公服拿去漿洗，換上一件春衫，頭髮還有些濕漉漉的，只是今日實在太累，竟來不及晾乾便呼呼睡去。

第二日清早，沈傲便來晉王府，進門時迎面有人撞過來，正是晉王的獨生女趙紫蘅。

趙紫蘅來不及看清來人，便氣呼呼地道：「大清早誰到處亂跑啊？」抬眸一眼，見是沈傲，頓然眉開眼笑道：「沈傲，我正要去書畫院呢，你去不去？」

沈傲先是回答她第一個問題，道：「大清早到處亂跑的恰恰是你。」接著才是回答趙紫蘅的第二個問題：「今日我有事要來見晉王，郡主，只怕不能作陪了。」

趙紫蘅面露失望之色，嘟著嘴道：「我還以爲你是來尋我玩的呢，不去就不去。」接著便要起了小性子，不再理會沈傲，徑自跳上門前停泊的馬車。

沈傲也不理趙紫蘅，正要進去，趙紫蘅突然從馬車裏掀開簾子，叫喚一聲：「喂，你這人真是沒良心！」說罷，簾子放下，便聽到趙紫蘅在車廂裏催促車夫：「快走，快走……」

馬車緩緩啓動，倒是趙紫蘅生怕沈傲追上來尋仇似的。

沈傲搖搖頭，小郡主太天真浪漫了，看她年歲應當也不小了啊，至少也過了十五歲，莫非是富人家的孩子成熟得晚些？也不對啊，沈傲嘿嘿一笑，撓著頭心裡想：「小郡主還是很成熟的，都快熟透了。」

沈傲在心裡生出無數的遐想，半晌才是正色起來，心裡默念空即是色、色即是空，打消掉心中的漣漪，闊步進去，也不必去向晉王通報，直奔蹴鞠場。

遠遠看到蹴鞠場的輪廓，等走近些，發現這大清晨，鞠客們分爲兩隊正在訓練，吳教頭見了沈傲來，眼眸中儘是輕蔑之色，故意不過來打招呼，繼續招呼同隊的鞠客訓練。

范志毅、李鐵、王勇等人則全部圍攏過來。

范志毅道：「沈公子來得早。」

沈傲今日與昨日不同，板著臉高聲道：「叫我沈教頭。」

范志毅等人面面相覷，怎麼今日的沈公子和昨兒如此截然不同？昨天還謙虛地自稱學生，逢人便叫大哥的，今日卻自稱教頭了，這人變臉也太快了吧！

莫看沈傲平時嘻嘻哈哈的，可是嚴肅起來，也自有幾分威勢，范志毅等人頓時噤若寒蟬，連忙道：「沈教頭。」

沈傲微微點頭，繼續板著臉道：「從即日起，你們由我操練，本教頭的任何話，誰都不許違逆，現在，把你們的球放下，聽我的號令，先往靈隱寺去跑一圈。」

靈隱寺？范志毅等人面面相覷，那靈隱寺距離汴京足足二十里，一個來回便是四十里路啊，往那裏跑一圈，這算什麼訓練之法？

須知鞠客練蹴鞠，大多練的是技藝，誰的球技高，比賽中則更佔優勢，而這位沈公子倒是夠荒唐的，哪有要鞠客長跑的道理。

沈傲見范志毅等人無動於衷，淡然道：「誰最先到達，本教頭賞錢一貫，可要是誰落在隊尾，嘿嘿……」他陰惻惻的笑起來：「就罰錢一貫，從本公子的賞錢裏扣。」

此話一出，范志毅等人再無二話，爭先恐後地飛快跑動起來。

「喂……這麼快做什麼！」

沈傲落在後頭，不得不追上去，中途尋了個王府裏的僕役，向他借馬，那僕役倒是知道沈傲是新聘請來的教頭，對他客氣得很，須知晉王最愛的便是蹴鞠，因而鞠客們在府中的地位頗爲超然，至少對這些僕役來說，蹴鞠教頭的身分已是極了不起了，因而領著沈傲去馬房，讓沈傲挑了一匹馬去。

沈傲騎著馬，悠哉遊哉地往城外靈隱寺去，直到半途，才趕上上氣不接下氣的鞠客，笑呵呵地對落在隊尾的李鐵道：「李鞠客，加油啊。」

這幾個鞠客一開始跑起來時如風一般，開頭跑得太猛，以至於跑到一半，已是喘不上氣來，尤其是李鐵，踉踉蹌蹌地正想靠在路邊的一棵大樹的樹幹歇息，見沈傲騎馬過來，想起沈傲那番賞罰的話，咬了咬牙，積蓄了力量繼續追趕。

六個鞠客你追我趕，個個已是渾身精疲力竭，等到靈隱寺山門時，已是雙腿打顫，差點兒倒地不起了。

沈傲先去拴了馬，叫守山門的沙彌照料。對倒地不起的范志毅等人道：「誰最先上了這些階梯。本公子再賞錢一貫。」

這句話道出，幾個人又氣喘吁吁地站起來，手腳並用地拾級而上，大汗淋漓之下，有人連短褂都脫了。

沈傲率先上了山門，恰好撞見釋小虎，釋小虎見了沈傲，驚訝地道：「呀！沈公子今日怎麼來了？」提著大掃帚，興沖沖地跑去通報定空、定靜。

范志毅等人總算爬上了山，已是累得氣喘吁吁，沈傲道：「好啦，先歇一歇，待會兒還要再跑回城去，我教人給你們斟茶。」他笑得很壞，至少在范志毅等人面前是的。

空定、空靜二人將沈傲和鞠客們迎入茶房，拿出茶點來招待，空定的氣色顯得很差，將沈傲叫到一邊道：「沈公子據說要收留小虎？」

沈傲點頭道：「小虎這個人很聰明，讓他回去種地實在太可惜了，所以我打算帶他到汴京尋個事做。」

空定嘆了口氣道：「小虎是我看著長大的，如今我和他的緣分已盡，本不應該多想的，只是……，哎！」說著，他低頭垂淚，頗爲不捨的樣子。

沈傲任他低泣一會，才道：「大師放心，學生一定會好好照顧小虎的。」

空定點頭道：「有沈公子照顧，自是不成問題，擇日不如撞日，你今日便帶他下山去吧，我去教他收拾些換洗的衣物。」

沈傲點頭，坐回茶座上去，范志毅等人累得滿頭大汗，此時在茶房一坐，都愜意得不想再起來，喝了口茶，氣色也漸漸好轉了不少，范志毅道：

「沈公……教頭，這長跑也能練好蹴鞠嗎？」

沈傲笑道：「現在我說再多也沒有用，你們聽我的話，等到比賽時，再和吳教頭見個真章。」

沈傲之所以選擇長跑訓練，自然也有他的道理，這些鞠客其實都是吳教頭訓練出來的，球技水準應當不相上下。

所以，十天之內教他們鍛鍊球技，進步的空間不會太大，與其如此，倒不如乾脆從他們的弱點抓起，鍛鍊一下他們的體力。

蹴鞠雖已發展了千年之久，遠在漢朝時期，蹴鞠便已出現，可是訓練方法大多還是以練習球技爲主，鞠客們苦練球技自是不錯，可是在體質方面，卻沒有重點加強訓練。

沈傲曾偷偷向人打聽過一些蹴鞠賽的事，往往許多場蹴鞠比賽，一開始鞠客們生龍活虎，一個個精力充沛的展示出精湛的球技，可是隨著時間的推移，不斷的對抗，使得鞠客的體力大量流失，因而到了後半場，鞠客們的對抗往往就開始下降了不少，一些精湛的踢球方法由於體力的透支，再也施展不開。

沈傲的辦法很簡單，亡羊補牢，趁著這十天功夫，給鞠客們惡補一下體力，讓他們在賽場上，擁有足夠多的體力去應付後半場的比賽。

范志毅等人見沈傲一臉篤定的樣子，便不再吱聲了，雖說他們心中不信，可是沈傲畢竟承諾過，只要他們肯唯沈傲馬首是瞻，就算是十日之後的比賽輸了，他們一樣能領一份彩頭，這些鞠客大多都是有家室的人，雖說收入不菲，可是開銷也大，爲了這五十貫錢，他們咬著牙也不能洩了這口氣。

空靜端來了幾盤糕點，范志毅、李鐵幾個體力大量消耗，餓腸轆轆之下顧不得什麼，伸手便將糕點搶了個乾淨。

沈傲好整以暇地去看牆壁上的掛畫，卻是站在一幅畫下出了神，眼前這畫畫風詭異，作者雖是用水墨作畫，卻在畫中用了重彩，須知山水畫是嚴禁用重彩的，歷代的名家講的是神，而不是形，用重彩雖然可以使得畫作更為生動，同時卻失去了那種飄逸的神采，是畫家們的大忌。

空定不知什麼時候走過來，笑道：「沈公子認為此畫如何？」

沈傲微微一笑道：「別具一格，卻又不值一提。」

以沈傲的實力，說出這番話來，自然有他的底氣。

空定微微頷首：「不錯，畫出此畫的，乃是大理國的一位貴人，那一日他巡遊本寺，正好看到沈公子的大肚彌勒圖。此人見了公子的畫，大為驚奇，因此，便托老僧前去周府請公子促膝長談。」

沈傲笑道：「是了，上一次空定禪師確實曾到周府一趟，可惜那時候我雜務纏身，只好婉拒了此人的好意。」

空定點頭道：「正是如此，這個貴人見沈公子不來，大為失望，於是便作畫一幅，教老僧懸於茶房之中，說是沈公子若來，請老僧代他向沈公子指教。」

沈傲呵呵一笑道：「指教不敢當，不過，大理國的畫風過於寫實，與學生的畫風迥異，學生斗膽一言，他這幅畫價值最多不過一貫。」

定空含笑道：「這個比喻倒是頗有意思，那麼，沈公子以爲自己的畫能價值幾何呢？」

沈傲沉默片刻，道：「若是識貨之人，便是千貫、萬貫也唾手可得，可換作是個不識貨的，只怕連一貫都賣不出去。」

定空忍不住笑道：「公子這番話頗合禪機，看來公子注定與佛祖有緣了。」

有緣？沈傲嚇了一跳，他寧願和耶穌他老人家有緣，也絕不敢和佛祖有緣。信耶穌，至少還有小天使調劑一下生活，至於佛祖，還是殺了他吧。

沈傲噤聲，勉強地扯出一絲淡笑，道：「禪師過譽。」

空定道：「那位大理來的施主還說，今年他還會進中原一趟，急盼與沈公子一見，沈公子若是有閒，切莫再推辭了。」

沈傲滿口應下，眼見范志毅等人歇得差不多了，釋小虎背著一個包袱哭紅著眼睛過來，便起身向空定、空靜告辭。他拉著幾個鞠客先行在外等候，知道釋小虎和兩個師父還有話說。

范志毅等人心知待會兒又要跑著回汴京城，不禁地在心裡叫苦，好在他們方才吃了些茶點，恢復了些氣力，否則真教他們跑回去，非要虛脫不可。

等了許久，釋小虎才含著淚，依依不捨地在空定、空靜二人的拱衛下慢騰騰地出來，沈傲牽過他，便要下山，空定、空靜二人在石階下站著，望著沈傲和釋小虎越走越遠，俱都黯然不已。

釋小虎哭得像個淚人似的，時不時回頭朝空定、空靜招手：「師父……師叔……」下了幾步台階，便回頭望一次。

沈傲不由地安慰道：「好啦，好啦，不要哭了，快隨我下山吧，你這樣磨蹭，不知什麼時候才能下山去，又不是什麼生離死別，寺裏距離汴京，也不過二十里之遙，尋些空，你經常回來探望師父師叔便是。」

釋小虎嗚咽道：「我哪裏不知道，可是師父師叔說，離別時就是這樣的，不但要哭，還要回頭招手，我不這樣做，師父一定要懲戒我的。」

沈傲目瞪口呆，忍不住道：「兩位禪師好手段，這般的管教功夫真是讓人大開眼界了。」接著便誑他道：「這是你師父師叔騙你的，你看看你師父師叔哭了嗎？」

釋小虎回頭去看，見這兩個最親近的人木然呆立，目送他漸漸離開，搖了搖頭道：「好像並不曾哭過。」

沈傲道：「這就是了，你看，他們都沒有哭，你哭什麼，不如這樣，往後我來這寺裏，就將你也帶來，如何？」說著，便得意洋洋地說起汴京城的繁華，當然，最重要的是關於冰糖葫蘆和糖人的事。

釋小虎聽得心動不已，期待地問：「那我天天都能吃到嗎？」

他不哭了，只是眼睛還有些腫腫的。

沈傲笑道：「能，放心吧，到時候總是虧待不了你。」

第一〇三章
指鹿為馬

沈傲恍然大悟明白了，秦二世繼位，趙高的權勢已是如日中天，
為了試驗朝廷中有哪些大臣順從他的意願，他特地呈上一隻鹿給秦二世，並說這是馬。
這個手段與蔡京倒是頗有異曲同工之妙。

走到山門，山門下的桃林中桃花盛開，不少香客下山後，便鑽入桃林中感受這花團錦簇的美景，沈傲看了鬱鬱蔥蔥、芬香四溢的桃林一眼，心知這桃花盛開的時間不會太久，下次再來，只怕再難看到這美景了。

帶著釋小虎騎上馬，鞠客們已開始奔跑起來，慢悠悠地回城去。釋小虎看到范志毅等人的樣子，頓時大笑起來，道：「沈大哥，他們是在做什麼？」

沈傲心念一動，笑道：「小虎，我有件事先教你做，從明日起，你來替我監督他們跑步如何？」

幾日過去，沈傲卻是成了甩手掌櫃，鞠客們訓練的事，全部交給了釋小虎，釋小虎本就是個小武僧，督促他們自不是話下，況且每日還可以讓釋小虎去寺中一次，多少解除了釋小虎對師父師叔的思念。

沈傲則在公府裏歇了幾日，去了趟蒔花館。蓁蓁聽說沈傲在施粥米，便說自己在蒔花館閒得緊，要去幫忙，沈傲連忙搖頭，他現在屬於債多壓身，邃雅山房一個春兒，唐家一個小姐，蒔花館還有個蓁蓁，誰知道湊在一起，會發生什麼事。

唐茉兒和春兒關係倒是近了，可是去一趟邃雅山房，沈傲總覺得二人似是在合謀什麼，二人看自己的眼神，總有那麼一點怪怪的，這兩個俱都是單純的女孩兒，若是再加上一個閱歷豐富的蓁蓁，三個女人一台戲，這種事還是避免著，對自己有好處。

唐茉兒那邊因爲去了邃雅山房，不在家中，因此沈傲也沒有去借書還書的興致了，倒是去了晉王府幾趟，都是檢驗成果的，若是撞到了晉王，便敷衍幾句。

晉王見他無所事事，將所有的事都交給了一個小和尚，也不知沈傲到底打什麼主意，一時想沈傲這傢伙莫非只是虛張聲勢，一時卻又想沈才子一向不按常理出牌，頗有自己的風格，或許還有壓箱底的本事也不一定。

養足了精神，沈傲一下子又不安分了，連日做了幾篇經義文章，送到陳濟那裏去，陳濟見他來，臉上雖是不悅，但是沈傲看出，他的心裡還是歡喜的，尤其是對沈傲提著的一個食盒，更是歡迎之至。

放下食盒，沈傲先交上這兩日作的經義文章，陳濟看了看，皺眉道：

「這幾日都沒有看書嗎？」

沈傲大是慚愧，他的心還是太野了，雖然讀起書來專心致志，可是玩起來也夠瘋的，尤其是一場殿試下來，渾身透著輕鬆，便只想著多玩幾日，那書本已是許久沒有觸碰過了。

陳濟嘆了口氣：「讀書便如逆水行舟，不進則退，你三天打漁兩天曬網，學業又怎能進步？罷罷罷，你的事我知道，剛剛考完殿試，是該輕鬆幾日。」

他捋著鬚，指出沈傲文章中的幾點錯誤，便道：「前幾日我琢磨出了一道題目，你來對對看，看看能想出什麼破題之法。」

沈傲正襟危坐，忙道：「請先生請教。」

陳濟道：「帝王之政與帝王之心有何不同？」

沈傲沉吟片刻，道：「四書之中似是並沒有這個典故吧。」

陳濟笑道：「既是好題，是否出自四書，又有什麼關係？」

沈傲明白了，難怪自己對這個題目感覺到生澀，原來這題目並不是出自四書。其實經義的變化多樣，雖然官方的科舉都是非常嚴格的從四書五經中尋找試題，可是在私下裏，從其他的書籍中摘抄試題的事也是不少，許多讀書人便以此爲樂，借此訓練自己破題的能力。

君王之政與君王之心？沈傲慢慢體會這個題目的意思。這句話的意思應當是君王施行的政策與君王的內心之間的關係。理解了意思，沈傲才知道這個題目的難點所在，要破這個題目，自然容易得很，可若是在科舉中遇到這個試題，可就難辦了。

這個題目大致可分爲兩種破題方法，一種是勸諫式，也即是說，學生可以以君王之政、之心來寫出一篇借古喻今的經義來。這樣做的後果，是很容易名落孫山的，須知皇帝最厭惡的，便是諫臣，屈原跳河了，比干剖心了，伍子胥被殺了，就是那個歷史上聲名赫赫的魏徵，其實也被唐太宗恨得牙癢癢。

問題就出來了，一個考生，連官都沒有做上，便洋洋灑灑的寫一篇皇帝啊，你要行仁政啊！你看看人家紂王是怎麼完蛋的，吳王夫差是如何自殺的，楚王是如何被滅國的，這還了得，你是個禍害啊，於是，這樣的經義就算是寫得再如何花團錦簇，多半只有名落孫山的份了，皇帝們的脾氣都不太好，就算遇到脾氣好的皇帝，可是考官卻都不傻，誰敢錄取你這樣的考生？用這種辦法破題，不好！

至於第二種破題方法，則是洋洋灑灑的拍一通馬屁，說陛下你很有仁德，所以才行了善政，您老人家虎軀一震，王八之氣猶如滔滔江水……呸！莫說這種露骨的馬屁沈傲拍不來，便是真寫了，錄取了試卷做了官，多半也要被士林嘲笑，一輩子在同僚之間抬不起頭來。

如何做到不偏不倚，既不過分的去摸老虎屁股，又不能太過無恥，就如走鋼絲一般，一個不好，要嘛前途喪盡，要嘛遭人唾棄。

沈傲踟躕了許久，終於想出了個破題的方法道：

「臣聞帝王之臨駐宇內也，必有經理之實政，而後可以約束人群，錯綜萬機，有以致雍熙之治；必有倡率之實心，而後可以淬勵百工，振刷庶務，有以臻郊隆之理。」

沈傲道：「先生，不知這樣破題，可以嗎？」

這句破題的大意是：我聽說帝王親臨統治國家，必須有切實可行的治國辦法，而後才能約束臣民，日理萬機，才能獲得繁華太平的治理；必須有倡導和率領國家的切實可行的治國思想，而後才能夠磨練和激勵百官，振興改革各種事務，才能達到非常興盛的治理。

說白了，破題就是一句空話，表面上一番大道理，其實一點意思都沒有。

沈傲小心翼翼的望了陳濟一眼，心裡想：「這已是我想出來的最好破題方法了，雖然都是空話，卻總算規避了那兩個陷阱，依著陳先生的性子，只怕要罵我一頓狗血淋頭。」

誰知陳濟搖頭晃腦地咀嚼了沈傲的話，陡然笑道：「好，沈傲，你終於明白什麼叫做經義文章了。」

沈傲愕然：「請先生指教。」

陳濟捋鬚欣賞的望了沈傲一眼：

「經義文章對於讀書人是何等神聖的字眼，可是在老夫看來，所謂的經義，其實不過是滿口空話，而這一點，只有真正的經義高手才能看破。沈傲，你記著，做經義，萬萬不能帶入自己的情感進去，只需按照格式，寫出中規中矩的觀點，堆砌辭藻即可。至於其他的，其實都是個屁。」

他一個屁字，狠狠地唾棄一番，苦笑道：

「我輩讀的是聖賢之書，可是若孔聖人知道後世的學子都是如此這般，只怕早已氣結了。所謂的經義，並沒有什麼大道理，你也莫要從中寫出什麼大道理，只需記著，這是你的敲門磚，墊腳石，有了它，才能步入金殿，去完成你的抱負。」

「咦，莫非這位陳先生也是穿越來的，怎麼他的觀點和後世的觀點有些相似。」沈傲奇怪的望了陳濟一眼，見他一副看破世情的模樣，心裡想，這便是那個忠言直諫的陳濟？

不像，真的不像，胸腹中隱含著這般的智慧，具有如此的洞察力，爲何卻會去做那樣的傻事？他應當是懂得變通的人，難道不知道自己那樣做是自毀前程嗎？

陳濟似是明白沈傲想問什麼，慨然一笑道：「你是不是想問老夫當初爲何要上書直言？」

沈傲點頭。

陳濟笑道：「當時老夫身居翰林，除了待詔，便只能看書自娛了，可是蔡黨已到了最跋扈的時候，朝中無人敢對他們有絲毫怨言，便是周國公和衛郡公，也只能潔身自保。老夫心裡想，既然不能施展心中的抱負，與其一輩子困在那翰林院中，倒不如做一件驚天動地的事……」

沈傲明白了，陳濟其實不過是一個殉道者的角色，他明白自己在做什麼，卻又不得不做，於是他站出來，當著所有唯唯諾諾的臣子的面，說出了許多人一輩子也不敢說出來的話。

沈傲記得，陳濟致仕的那年之後，蔡京也隨之致仕，雖然之後蔡京又獲得啓用，可是實力也大不如前了。

原來是這樣，陳濟只是一個出頭鳥，他站出來，讓更多人獲得了勇氣，於是在陳濟之後，雪片般針對蔡京的彈劾落到了趙佶的案頭上，表面上看陳濟輸了，可是蔡京也同時受到了重創，士林議論紛紛，群臣暗藏洶湧，到了這個時候，蔡京除了收斂，絕不敢再冒天下之大不韙去打擊政敵。

而到了第二年，他黯然致仕，更是令蔡黨遭受了前所未有的打擊。雖然之後又曾起復，實力也早已大不如前。

陳濟微微一笑：「你明白了嗎？」

沈傲笑了起來：「陳先生在哪裏讀書都一樣，因爲陳先生求取的本就不是富貴，所以到翰林院讀書和到這裏讀書也沒什麼不同。可惜那個蔡京，自以爲報復了你，其實真正最大的輸家，卻是他自己。」

「孺子可教！」陳濟臉色微微發紅，顯出幾分興奮地道：「也不枉我教導你一場，我這裏有一本書，你拿去看吧，你的經義基礎已是牢固，看了這本書，世上再沒有經義可以難倒你了。」

原來陳濟的箱底裏還有存貨，聽陳濟的話音，倒像是從前送給自己的那些筆記比起這一本書稿就顯得不值一提了，說不定這本書稿，融匯了陳濟一生的心血。

陳濟鄭重地將書稿交給沈傲，沈傲不由地想：「這才是真正的授藝啊，接過這本書，自己才算真正地接過陳濟的衣缽。」

雙手將書稿接過，也不去翻閱，小心翼翼地將書稿收起，朝陳濟頷首道：「學生一定不枉先生的苦心。」

接著，陳濟便問沈傲殿試的事，沈傲將四場考試悉數說出來，陳濟皺眉道：「之前彈劾你的，是蔡京的人。奇怪，蔡京應當知道，彈劾你連考四場，依著官家的意思，對你並不會有損的，更何況，你的身後有祈國公和衛郡公，這一棒打下來，當真有些無頭無腦，這不是蔡京的性子，以他的爲人，若是扳不倒你，就絕不會輕易出手，靜若處子，動若脫兔，他如此虛晃一槍究竟是意欲何爲？」

陳濟闔目深思，許久才道：「蔡京這一定是在試探。」

沈傲疑惑地跟著念道：「試探？」

陳濟笑道：「沈傲，你可聽說過指鹿爲馬的典故嗎？」

沈傲恍然大悟明白了，秦二世繼位，趙高的權勢已是如日中天，爲了試驗朝廷中有哪些大臣順從他的意願，他特地呈上一隻鹿給秦二世，並說這是馬。秦二世不信，趙高便藉故問各位大臣。不敢逆趙高意的大臣都說是馬，而敢於反對趙高的人則說是鹿。後來說是鹿的大臣，都被趙高用各種手段害死。

這個手段與蔡京倒是頗有異曲同工之妙，蔡京是要借自己來看看朝廷的動向，也借以試試自己身後到底還有什麼人願意暗中支持。

沈傲大笑道：「只可惜蔡京無論如何也想不到，站出來支持我的，不是國公和郡公，恰恰是晉王和楊公公，我當時看他一臉的恭謹，眼中如一泓秋水，似是十分鎮定，只怕那時候他心裡已是翻江倒海了。」

陳濟正色道：「晉王和楊戩二人雖然不理朝務，可是，影響力都不容小覷，蔡京知道你有這二人護持，一時也不會對你動手，只怕想要籠絡你都還來不及，你自己好自爲之吧。」

沈傲點頭，道：「學生明白。」

陳濟打了個哈欠：「老夫要小憩片刻，沈傲，你走吧，有空暇，再做幾篇經義文章拿給我看看。」

陳濟的性子教人摸不透，方才還和沈傲說得熱火朝天，一轉眼功夫，又開始逐客了，好在沈傲深知他的個性，只微微一笑，道：「學生告退。」

回到屋去，又做了幾篇經義文章，接著去邃雅山房走了走。

這些時日，邃雅山房擴張的步伐加快，由於盈餘越來越多，不但周刊在不斷招募人手，增加發行量，新店也在不斷地增加。

其實這就是質變到量變的一個過程，由於盈利開始逐漸穩固，大量的閒錢總不能存在庫裏發霉，唯一的辦法，只能再投資了。

這些事，沈傲不管，去看了春兒和唐茉兒，說了幾句話，隨後又去尋了陸之章說了幾句話，喝了幾口茶，便又回到府裏去。

幾日下來，沈傲白胖了許多，眼看蹴鞠競賽就要開始，沈傲心知自己再糊弄不過，便又到晉王府去。

晉王見了沈傲來，先教他喝了口茶，哈哈笑道：

「過了晌午就要比賽了，沈才子可準備好了嗎？」

沈傲乾笑道：「晉王還是直呼學生的名字吧，才子兩個字不敢當的。」說著又道：

「比賽的事，學生已有了幾分把握。」

趙宗不禁想，這個傢伙三天兩頭見不到人，竟然就有了把握？莫不是誑我吧？隨即又是釋然，反正比賽就要開始，他到底是藏著絕招，還是虛張聲勢，到時比賽完就能揭曉結果了，那時一切就好辦了。

趙宗哈哈笑道：「好，本王倒是極想看看，是沈傲厲害還是吳教頭更厲害一些。」趙宗又興致勃勃地叫人奉上糕點來。

恰好晉王妃不知什麼時候帶著兩個婢女盈盈過來，剛好聽到趙宗剛才的話，帶著微笑地對趙宗問道：「王爺，什麼沈傲還是吳教頭厲害？」

「愛妃，」趙宗眼眸一亮，眼帶溫柔地離座起身，連忙去扶著晉王妃坐下，笑呵呵地道：「本王說的是蹴鞠的事，沈公子是咱們府上的蹴鞠隊副教頭，嘿嘿，下午他要和吳教頭打一場比賽。」

晉王妃深望沈傲一眼，含笑道：「怎麼？沈公子也會蹴鞠？」

沈傲心虛地扯出一笑道：「會一點，會一點。」心裡不禁地想，若是晉王知道自己非但不會蹋球，甚至連蹴鞠賽的規矩都不懂，會不會有想掐死我的衝動？

晉王妃道：「好極了，這場比賽，我也應當看看，到時爲沈公子助威。」

「是啊，是啊，本王也是要給沈公子助威的。」趙宗笑著迎合晉王妃的話。

沈傲含笑道：「這就不必了，吳教頭好歹是貴府的總教頭，若是王爺和王妃都爲學生助威，只怕教他的臉上不好看。」

趙宗踟躕了片刻，點頭道：「也是這個道理，愛妃，我們還是要不偏不倚一些，盡量做到公平公正，莫要寒了吳教頭的心。」

晉王妃不置可否，笑道：「正午沈公子便在這裏留飯吧，咦，紫蘅今日又跑去哪裏了？從清早就沒見人。」

趙宗驚叫一聲道：「是啊，我也沒有看見，她又跑到哪兒去了？」

沈傲聽這一對夫妻在話家常，連忙裝作去喝茶，聽到他們說起小郡主，心裡直樂，小郡主當真是神龍見首不見尾啊，性子上簡直和她爹一個模子裏刻出來的。

過了一會兒，有人來傳報道：「王爺，王妃，外頭有人說是來尋沈公子的，說是邃雅山房那邊來送隊服。」

沈傲道：「沒錯，沒錯，是我叫他們送來的，現在他們人在哪裏？」

趙宗也來了興致：「隊服？本王要看看，叫他直接將隊服送到蹴鞠場去，教鞠客們都換上，好給本王看看。」

晉王妃便笑道：「非但紫蘅是這樣，你這個做王爺的也是這樣急躁躁的性子，你們去玩吧，我去教人備好午飯。」

沈傲心裡有點發虛，王爺太熱情了，熱情得過分，等下王爺看了隊服，會不會忍不住掐死他？汗，好危險，等下得和王爺保持一段距離。

到了蹴鞠場，運送隊服的馬車就停在不遠處，幾個鞠客換上了黑色隊服，皆是顯出怪異的表情。尤其是吳教頭，臉色發青，遠遠地見到趙宗和沈傲一道過來，立即迎上去對趙宗道：

「王爺，這隊服是誰訂製的？太不像話了。」

趙宗前一刻還笑呵呵地向幾個穿了隊服的鞠客們看去，一下子眼珠子給驚得都要掉出來了，那漆黑的隊服上，用白線分別繡了許多字，仔細辨認，袖口上繡的是「王家鋪豆腐好」；圓領衣襟上繡的是「趙家炊餅噴噴香」，腰帶上居然也繡著字?!趙宗瞇著眼睛看，認出來了：「貪歡院，盡享貪歡。」還有前襟上是「愛讀書，要看邃雅詩集」。後背上的字更醒目：「喝茶，喝好茶，喝邃雅山房的好茶。」

「這……這……」趙宗本來便是個不安分的主兒，今日倒是真正大開眼界了，竟是遇到個更能胡鬧的。

趙宗看著沈傲，瞪眼睛吹鬍子，卻說不出話來，這是神聖的蹴鞠社啊，是他的心血，給這些隊服繡上「喝好茶、愛讀書」也就罷了，那個什麼「王家豆腐」、「貪歡院」的是什麼東西？太氣人了。

沈傲看著趙宗的反應，定了定神，一本正經地對趙宗道：

「王爺，這隊服乃是商家們贊助的，給他們打個招牌，也算是回報他們的美意。學生是這樣想的，在汴京，我們邃雅蹴鞠社聲名並不高，因此，要想打出名聲……」

「這和打名聲又有什麼關係？」趙宗氣呼呼地道。

沈傲不緊不慢地解釋道：「王爺有所不知啊，要想一舉成名，就必須有人代爲宣傳，對不對？」

趙宗想了想，覺得有幾分道理，便點點頭。

沈傲繼續道：「可是宣傳是相互的，比如這幾個商家，在汴京城赫赫有名，那王家的豆腐更是水靈無比，汴京人都愛吃，我們繡了他的招牌，他越是吹捧我們邃雅蹴鞠社，我們蹴鞠社參加各種大賽，他們的招牌才能令更多人看清是不是？」

趙宗瞪著眼睛道：「你莫要誆本王，本王可是誆人的祖宗。」

「是啊，是啊。」沈傲笑呵呵地道：「學生哪裏敢騙王爺。王爺，隊服只是小事，繡幾個字兒有什麼大不了的，最重要的還是比賽，比賽贏了才是最要緊的。」

趙宗道：「你能打贏比賽？」

沈傲正色道：「我能令我們蹴鞠社的實力增強幾分，輸贏的事，還得要看運氣。」

趙宗也正色道：「本王不管這個，若是今日你贏了吳教頭，隊服的事自然好說，可若是輸了，這些隊服就退回去，如何？」

別呀，自個兒可是趁機撈了不少贊助費的，沈傲心裡叫苦，轉念一想，自己要想在這蹴鞠社混下去，今日的比賽就絕不能輸給吳教頭，於是滿口應下道：

「好，王爺，一言爲定。」

第一〇四章
三腳貓戰術

須知這蹴鞠賽，陣列不少，有一字長蛇陣，有萬花陣，有魚鱗陣，
鞠客們對這些陣列都很熟稔，唯獨沒有聽說過什麼戰術。
吳教頭冷笑一聲，原以為沈傲是賣弄什麼玄虛，誰知原來只是三腳貓功夫。

待晉王走後，沈傲將范志毅等人招到蹴鞠場的一邊，這幾人堅持長跑，六個鞠客的體質明顯有了極大的改善，尤其是腿部的肌肉，一個個繃得緊緊的，步伐穩健了不少。

比賽即將開始，范志毅等人有些緊張，見沈傲將他們叫去，不禁地想，今日莫不是又要教我們去跑步？這可真是要人命啊，上午跑了步，下午又要比賽，這賽不必比了，還未開賽，所有人都要累趴下。

沈傲微微一笑道：「今天我和你們講一講戰術吧，都坐下。」

所有人席地而坐。

范志毅道：「沈教頭是要說戰陣嗎？」

沈傲搖頭道：「是戰術而不是戰陣，戰陣是死的，而戰術是活的，我教你們的，是一些活學活用的技巧。」

范志毅等人有些不以爲然，這個沈公子連蹴鞠都不會踢，比賽的規則都不懂，卻搖身一變要教他們比賽的技巧？這不是開玩笑嗎？須知這蹴鞠賽，陣列不少，有一字長蛇陣，有萬花陣，有魚鱗陣，鞠客們對這些陣列都很熟稔，唯獨沒有聽說過什麼戰術。

沈傲向眾人問道：「你們之中，誰射門最厲害？」

李鐵舉出手來，道：「沈教頭，小人射門頗有技巧。」

沈傲打量李鐵一眼，見他長得格外壯實，尤其是那一雙腳比之別的鞠客顯得更結實幾分，笑著道：「好，你就專職射門。」隨即又問：「誰帶球最厲害？」

范志毅舉起手道：「小人帶球最厲害。」

他說出這句話時，顯得很自豪。須知蹴鞠之道，講究的是球不沾地，一旦沾地，那便是三流鞠客了。

沈傲笑道：「那你就專司傳球，但凡有人將球傳給你，你無論如何也要將球傳到李鐵的腳下去，讓他來射門。」

「啊？」范志毅驚叫一聲，忍不住地道：「這如何使得？球到了腳下，哪裏有傳給別人的道理？」

沈傲肅然道：「蹴鞠講的是團隊合作，別人傳球給你，你爲何就不能傳給李鐵？」

沈傲這才發現，這個時代的鞠客，還真沒有團結合作的觀念，雖然蹴鞠場上的陣列不少，可是成員之間，大多數情況之下還是各顧各的，這樣的打法雖然激烈，更具觀賞性，也能令厲害的鞠客大出風頭，可若是要贏得比賽，是指望不上了。

范志毅見沈傲發怒，這幾日已被這沈教頭折騰得怕了，只好苦著臉道：「沈教頭怎麼說，我便怎麼做就是。」

沈傲又分派了兩個後衛，另二人助攻，這一番戰術指導下來，已到了正午，吩咐鞠客們先去吃飯，自己則去晉王那裏赴宴。

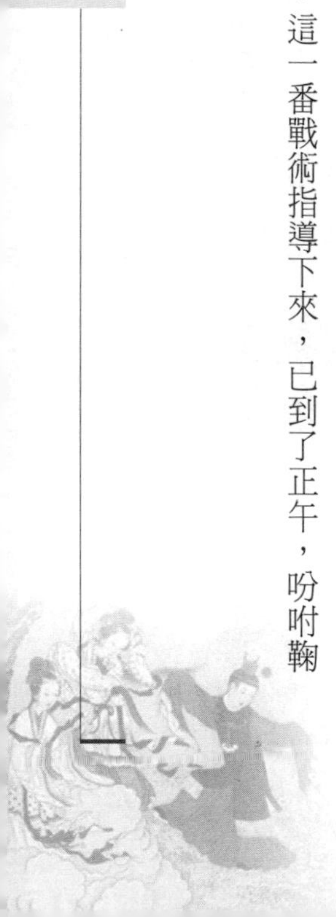

到了飯廳，沈傲總算是見到了趙紫蘅，小郡主似是挨了罵，眼眶裏淚汪汪地噙著淚水，見沈傲過來也不理不睬，晉王拍案大叫道：「這般不懂事，還不快叫沈叔叔？」

沈叔叔？……

沈傲下巴都快要掉下來了，他比趙紫蘅最多也不過大兩三歲罷了，這句叔叔還真是不敢當。不過話說回來，他與晉王算是平輩論交，按理說，這一聲叔叔，叫得也不算冤枉。

不對，晉王妃與石夫人是平輩，石夫人又與姨母是平輩，按道理，自己也算是小輩啊，這……好複雜。

晉王妃倒是在一旁嗔怒著對晉王道：「什麼叔叔，還說紫蘅不懂事，依我看，最不懂事的人就是你，沈傲是你的小輩，紫蘅稱了他做叔叔，這輩分不是要亂了嗎？」

晉王猛然地拍了一下額頭驚道：「啊，愛妃這一提醒，本王是記起來了，紫蘅，叫沈大哥！」

趙紫蘅怯怯地叫道：「沈大哥。」

「乖！」沈傲不由地在心裡偷笑，小郡主也有今日，真是教人開了眼界，從懷裏左掏右掏，搜出幾張錢引和銅錢，拿出一枚銅錢來，一本正經地道：

「紫蘅妹妹，這枚錢幣對於沈大哥來說意義深重，是沈大哥的幸運錢幣，沈大哥一直貼身收藏的，今日見了你，沈大哥心裡很歡喜，這件沈大哥的至寶就送給你了，你不必客氣，沈大哥很隨和的。」

趙紫蘅眨著眼睛瞄了瞄，在心裡冷哼，接著目光移到錢引上，不客氣地道：「我要幸運錢引，不要幸運錢幣，要那張大的。」

大的……沈傲嚇得臉都白了，這可是百貫的大鈔，你還真不肯吃虧啊！

晉王怒道：「和沈大哥說話不許沒規矩。」

趙紫蘅委屈地縮了縮脖子，只好接過沈傲手上的那枚錢幣乖乖地坐定。

等到僕役們上了酒菜，晉王率先拿了一付筷子，笑嘻嘻地對晉王妃道：「愛妃，請用餐。」

晉王妃笑了笑，對沈傲道：「沈公子不必客氣，晉王府與祈國公府也算是有交情的，說起來兩家還連著親呢，你就把這裏當自己家即是。」

沈傲笑呵呵地道：「我不客氣的，一點都不客氣。」心裡不由地咕噥：「祈國公府到底連了多少親啊，衛郡公、晉王、還有宮裏頭，難怪說貴族之間錯綜複雜，單這些姻親關係就夠亂的了。」

沈傲舉起筷子，享受著美好的氣氛開動。對晉王不禁生出幾分好感，莫看晉王的地位高，可是吃飯倒有些小門小戶的溫情，這在祈國公府裏卻是看不到的，祈國公府凡事都要講規矩，沈傲不大喜歡。

小郡主今日乖得很，吃起菜來細嚼慢嚥，就是夾菜，也絕不敢有絲毫造次，沈傲第一次看到她乖巧的一面，雖說是被這晉王逼出來的！想著這些，沈傲心裡不禁直樂，這一頓飯吃得愜意極了。

待用過了飯，淨手喝了口茶，渾身上下都舒暢得很，晉王興高采烈地道：「沈傲，這蹴鞠賽是不是現在就開始？」

晉王妃道：「這麼急做什麼？鞠客們也剛剛用過飯，先讓他們歇一歇。」

晉王說了一聲好，一旁的趙紫蘅耐不住好奇地插口道：「父王，什麼蹴鞠賽，是沈傲要踢蹴鞠嗎？」

晉王興致勃勃，於是將比賽介紹一番，趙紫蘅帶著滿臉的興致道：「我也要去看！」

晉王妃嗔怒道：「女孩兒家看這個做什麼？回房去練你的畫兒。」

晉王趙宗這一次小小地違逆了王妃的心意，道：「也不盡然，看看沒什麼打緊的，總不能天天悶在房裏。」

趙紫蘅卻是不怕王妃的，高聲道：「是啊，我快悶死了。」

王妃輕輕地在她身上擰了一下：「你三天兩頭看不到人，還會悶？清早跑到書畫院去胡鬧的事還沒和你算呢！」說著，便回後園小憩去了。

晉王左等右等，時不時地去問時辰，顯得有些焦灼不安，一直等了一個時辰，覺得時候差不多了，便道：「沈傲、紫蘅，去蹴鞠場。」

蹴鞠場裏，兩列蹴鞠隊曲徑分明，見了晉王過來，紛紛過來問安，吳教頭今日的精神顯得不錯，時不時挑釁地瞥沈傲一眼，滿是輕蔑之色。

一開始，沈傲故弄玄虛，帶著鞠客出府訓練，讓吳教頭以爲沈傲會有什麼壓箱底的絕招，心裡還在擔憂，沈傲是不是故意討巧賣乖，先向自己示弱，麻痹自己。可是當他知道沈傲只不過是教鞠客們去跑步時，這個疑慮很快便消除了，對沈傲更是鄙夷不已。

跑步？蹴鞠的訓練方法不少，卻從來沒聽說過叫鞠客們去跑步的，這個沈傲當真是對蹴鞠一竅不通，須知蹴鞠比的是技藝，一個厲害的鞠客，講的是迅捷靈敏，能夠使出渾身解數接下任何一個刁鑽的球，跑步莫非也能練習球技？真是笑話！

後來從范志毅等人那邊又打聽到一些零碎的消息，比如沈傲一開始便請鞠客去喝酒，喝酒的途中，竟是向鞠客請教蹴鞠比賽的規則，這個消息打聽出來，吳教頭正在喝茶，差點一口氣沒有咽下，將滿口的茶水全部吐了出來。

「哈哈哈，真是好笑，非但不會踢蹴鞠，連蹴鞠的規則都不懂，若是這樣的人都能

做蹴鞠教頭，那隨便在街坊裏拉來一兩個婆娘來，說不準教得也比他好。」

吳教頭放心了，情勢十分明朗，他吳教頭贏定了，今次在這賽場上擊敗了這不學無術的小子，便可名正言順地將他趕出王府去，這晉王爺的蹴鞠社教頭還是只有一個，那就是他吳教頭。

晉王趙宗笑呵呵地對吳教頭道：「吳教頭，比賽可以開始了嗎？」

吳教頭道：「王爺一聲吩咐，比賽便可開始。不過……」他故意拉長聲音，加重語氣道：「既是比賽，總要有一個彩頭，王爺說是不是？」

趙宗訝然道：「不是已經許諾了賞錢嗎？怎麼？吳教頭嫌少？」

吳教頭連忙道：「不少，不少，吳某的意思是說，有賞就要有罰，贏了的自然領賞錢，可是輸了的呢？」

沈傲在一旁聽著，明白了，吳教頭這是想教訓自己，微微一笑道：「吳教頭說得不錯，有賞就有罰，不如這樣，若是學生輸了，這副教頭學生不做就是，怎麼樣？」心裡呵呵笑道，吳教頭七彎八繞的說了這麼多，不就是在等自己這句話嗎？

吳教頭神采飛揚地道：「好，沈公子是個痛快人，那麼吳某人若是輸了，便也辭了這教頭之職，退位讓賢。」

見二人許下約定，趙宗已是迫不及待，道：「先比了賽再說，二位教頭隨我觀戰吧！」

十二名鞠客分為兩隊，范志毅抱著球，已準備好開賽。

吳教頭隊擺的是一字長蛇陣，六人一字排開，頗有氣勢，反觀沈傲隊這一邊，陣型顯得令人摸不透，范志毅抱球在前，兩邊是兩個助攻，分別是王勇和鄧健二人，李鐵站在賽場的邊緣，其餘的兩個鞠客則在球門附近。

晉王趙宗對蹴鞠是極為了解的，一看這陣勢，便忍不住地問：「沈傲，你來。」

沈傲坐到趙宗身邊，恰好與趙紫蘅挨著坐下，趙紫蘅沒有想到什麼肌膚之親之類，沈傲也不拘泥，對趙宗道：「王爺有何吩咐？」

趙宗看著范志毅等人對沈傲說道：「不知這是什麼陣？」

趙宗在這邊問，那一邊的吳教頭則豎起耳朵來聽，他熟讀蹴鞠的書籍，又有豐富的臨陣經驗，浸淫了蹴鞠半輩子，還真沒有看過擺出這樣的陣勢來踢蹴鞠的，就算是沈傲再不懂蹴鞠，最簡易的龍門陣至少也應該能擺出來，可是眼前這陣法，讓人摸不透。

莫非此人有什麼祖傳的絕陣？吳教頭心中疑惑，須知蹴鞠已發展千年，各種不知名的陣法如過江之鯽，一些高深的陣勢吳教頭也不一定知道。

沈傲笑道：「王爺，這不是陣。」

「不是陣？」趙宗更是疑惑了：「既是蹴鞠，為何不擺陣？須知陣列看上去是花架子，可是真正比起賽來，還是極有助益的，你看吳教頭的一字長蛇陣，看似簡單，其實裏頭有著深奧的道理，每一個鞠客放在恰當的位置，一輪拼殺便可將你的蹴鞠隊打個落花流水。」

沈傲笑道：「那麼學生便拭目以待好了。」

一旁的趙紫蘅道：「父王，你就不要爲他擔心了，他什麼事都懂的，跟他作對的人，一般都沒有好下場。」

這一句話倒不是趙紫蘅胡說，趙紫蘅對沈傲的厲害手腕可是深有體會，她本是言不經心的人，有什麼就說什麼。

趙宗不由地笑了，津津有味地道：「好，那便看看你這無陣如何去破吳教頭的一字長蛇陣。」

隨著一聲鑼響，比賽正式開始，范志毅右腳一踢，將球踢在半空，隨即算準了球的軌跡，開始向前衝刺，對方的鞠客也紛紛爭搶過去，范志毅的帶球功夫驚人，猶如泥鰍一般，待球落下，腿已揚起來。

按照沈傲的囑咐，李鐵已站到了最佳的射門位置，就等范志毅傳球過來，而其他的兩個助攻也迅速的衝上去，保護范志毅傳球，球落下的位置，已有六七個鞠客撲上，雙方互不相讓，剛剛開賽，便已精彩至極。

「快，傳球！」沈傲被這氣氛感染，朝范志毅大吼。

球落在范志毅的腳下，他熟稔的將球勾起，卻是一時晃了神，沈傲教導的打法，他一點都不熟悉，以至於球在腳下，他還在考慮是直接射門還是傳球給李鐵。

就在這個時候，一個對方的鞠客已猛撲過來，范志毅一時慌神，連忙勾起球朝對方的球門踢去。

「××！」沈傲不由地叫出了一句國罵。

那球如流星一般朝對方的球門射去，不過這一球本就是在慌亂中急射而出，況且范志毅射門的火候明顯比不上他帶球的水平，那球門不過是兩個球大的圈圈，如何射得中，球微微一偏，從球門擦肩而過。

「可惜！」趙宗懸起的心終於放下來，滿臉惋惜狀；吳教頭則是冷笑一聲，什麼無陣，原以爲沈傲是賣弄什麼玄虛，誰知原來只是三腳貓功夫，自己這一字長蛇陣嚴密得很，豈是沈傲的隊說攻破就能攻破的？

沈傲大感惋惜，這第一場就浪費了一個好球，對於士氣的影響是極大的，忍不住拍著大腿叫罵：「范志毅，記著傳球！」

一旁的小郡主瞇著眼，與沈傲坐在一起，見沈傲時不時將身子挨過來，突然意識到什麼，俏臉便紅了；好在沈傲挨過來都是無心之失，此刻的沈傲完全沉浸在賽場之中，倒是沒有理會到這男女有別。

第二次開賽，這一次是吳教頭隊開球，趙宗得意洋洋地指著那開球的鞠客道：「這人叫劉建，不管是射門還是傳帶都是極厲害的，這幾日吳教頭對他加緊訓練，只怕實力已今非昔比，吳教頭，你說是不是。」

吳教頭捋鬚呵呵一笑，自信滿滿地道：「王爺說得一點也不差。」

那劉建開了球，隨即如范志毅一般找準落球點迅速衝刺，他的身材魁梧，竟是連續撞翻了一個助攻，待沈傲指定的後衛衝過來，卻被他用膝蓋一頂，後衛立即後仰跌倒。

球趁著這個機會跌落下來，劉建的身手端是不凡，凌空而起，半空中右腿朝球狠狠一擊，那球如流星一般直射沈傲隊的球門。

半空飛快旋轉的球瞬間射入球門，支撐球門的桿子嘩嘩抖動起來。

沈傲心裡不禁叫罵，媽的，這哪裏是足球，明明是橄欖球啊，哼，早知道自己叫人帶斧頭來了。

而且，他發現自己出現了一個疏漏，原本以為自己所用的戰術對付吳教頭綽綽有餘，現在才知道，由於隊伍沒有經過訓練磨合，這樣的戰術反而令整個蹴鞠隊畏首畏尾，因為這些鞠客根本沒有進行過這種戰術的訓練，在潛意識中，接到球後往往會遲鈍一些，而這分秒之間的遲鈍，恰巧給了對方可趁之機。

如此一來，整場比賽呈現了一邊倒的勢態，開局失了一分，范志毅等人士氣一弱，打起來更是束手束腳，短短一炷香時間過去，吳教頭那邊已經連進兩球。

沈傲在一旁助威，惹得小郡主也站起來，跟著沈傲大叫：「笨蛋，快傳球，呀，快攔住，後衛呢，快攔住他。」

吳教頭勝券在握，保持著鎮定冷眼觀戰，心中對沈傲更是不屑。

到了這一場，又是范志毅開球，范志毅再無方才的銳健，先踢球出去，隨即仍然採取原先的戰術向落球點衝去。

沈傲的心都提到了嗓子眼裏，高聲大呼道：「傳球給李鐵！快！」

小郡主也跟著大叫：「笨蛋，傳球李鐵。」

沈傲的臉脹得通紅，問小郡主道：「你也認識李鞠客？」

小郡主搖頭：「不認識，你這樣叫，我也就這樣叫了。」

沈傲無語，恰在這時，范志毅一腳勾住球，這一次再無遲疑，眼看到助攻和幾個對方的鞠客衝過來，斜腿一飛，將球踢向李鐵。

李鐵早已衝到進球的最好位置，對方的鞠客也大多去防守范志毅，因而待球落下，身邊並無人阻擋，他一鼓作氣，一下子躍起，橫空飛腿截住飛來的球，用力一踢。

「進了！」沈傲大聲歡呼，如此漂亮的一次進球，連帶著晉王趙宗也大聲吆喝起來，高聲叫好。

有了這一次進球，接下來的比賽總算將局勢扳了回來，范志毅等人經過磨合，漸漸也有了默契，後衛防守，助攻協助范志毅，而李鐵所需要做的，只是等待時機，范志毅一旦傳球過來便臨門一腳。

這般的分工合作，等於是發揮了所有人的優勢，半個時辰過去，比分終於扳平。比了半場，鞠客們已累得氣喘吁吁，不過范志毅等人的狀態相較好些，他們每日跑去靈隱寺一趟，再參加這種賽事，還不至於半個時辰就陷入疲勞。

趙宗終於明白了沈傲的安排，一時喜得手舞足蹈，拉住沈傲的手道：「本王明白了，你這是無陣勝有陣，哈哈，這東西叫戰術？好，好極了。」

吳教頭臉色鐵青，將鞠客們招到自己身邊，對他們低聲耳語授意，只怕是研究如何破壞沈傲的戰術。

等到銅鑼聲響，鞠客們又再次入場，這一次是吳教頭隊伍中的那個劉建開球，他衝刺過去，腳剛剛勾起球來，卻被兩個後衛攔住，正要回身躲避，身後卻是范志毅和兩個助攻殺到，陷入合圍之中，而他的隊友顯然有些不知所措。

須知所謂的長蛇陣，便是一方進攻的陣勢，所有人都是前鋒主力，協助隊友，對於他們來說是從來未有的事，劉建無奈，硬著頭皮勾球向前突破，慌亂間揚腿一飛，那球飛快地向球洞射去，半空中卻被對方的一個後衛凌空截下。

「好！」沈傲拍掌，那後衛的表現出乎他的意料，因爲開賽已過了半個時辰，所有的鞠客都有些虛脫，這個時候還能半空截球，可見范志毅等人仍然處在最佳的狀態下。

果然，到了下半場，吳教頭隊的鞠客體力開始流失，而范志毅等人越戰越勇，相互配合也越加熟練，雖然吳教頭安排了一人專門緊盯李鐵，卻仍是兵敗如山倒，一個球一個球的失分，待一場比賽完結，比分竟到了十四比十一，沈傲大勝！

這一場比賽，前半場范志毅等人表現得畏首畏尾，可是逐漸熟悉了沈傲的戰術之後，到了下半場，由於體力和戰術的雙重優勢，摧枯拉朽一般將對方打了個落花流水。

在賽場上，范志毅、李鐵、王勇等人俱都歡呼起來，賽場外的趙宗拉住沈傲的手也是雀躍不已，高聲道：「沈公子厲害，厲害，本王佩服，好，好，這一次蹴鞠大賽，我們邃雅社一定有奪魁的希望，哈哈……」

吳教頭神色黯然，剛剛從震驚中回過神來，他無論如何也想不到，自己竟輸在了一個毛頭小夥子手裏，這件事傳出去，只怕他永遠也抬不起頭來。

一下子，吳教頭彷彿蒼老了十幾歲，嘴唇還在兀自顫抖，他使出全身的力氣，走到

歡呼雀躍的晉王身邊，拱手一禮道：「晉王，吳某願賭服輸，這教頭之職，便讓給沈公子吧。」

趙宗一時倒是不好意思了，想要挽留，卻也不知如何開口，看了沈傲一眼，只見沈傲笑呵呵地道：「吳教頭，方才我們只是一句玩笑，你又何必當真。」

吳教頭嘆了口氣，朝沈傲道：「沈公子大才，吳某自嘆不如，這些話就不必再說了，吳某人言出必踐，願賭服輸。」

沈傲正色道：「吳教頭，我有一句心裡話，不知你願意聽嗎？」

吳教頭誠惶誠恐地道：「沈公子請說。」

沈傲道：「若說投機取巧，運用戰術，或許吳教頭比不過我。可是，吳教頭的球技是汴京城公認的；實不相瞞，學生連蹴鞠如何踢都不知道，邃雅社還需你來帶著，真要教我來操練，只怕這邃雅社早晚要垮掉。更何況我還要讀書，哪裏能與鞠客日夜相伴，所以，學生懇請吳教頭切莫掛印而去，否則這邃雅社就完了。」

趙宗連連點頭，道：「是啊，是啊，沈傲說得對，吳教頭的球技是極好的，若是你走了，本王到哪裏再去請教頭？沈傲做你的副手，爲你出出主意還可以，真教他挑起重擔來，本王還是很不放心的。」

吳教頭見沈傲和趙宗說得很誠摯，想到自己帶著這個球社也有些時日，多少總有些感情，更何況這趙宗待他極好，心裡一鬆，滿是羞愧地朝沈傲行了個大禮：

「沈公子不計前嫌，吳某人慚愧之至。」

他這般做，意思自是不再提辭職的事了，沈傲連忙攔住他，道：

「學生怎麼當得吳教頭這般的大禮，哈哈，我們是自己人，不必這般客氣的，現在汴京蹴鞠大賽即將開始，學生和吳教頭應當通力合作，無論如何，也要讓邃雅社在大賽中大放異彩。」

想到蹴鞠大賽，吳教頭心頭一熱，若是能在大賽中拿到名次，這一生算是無憾了，帶著微笑點頭道：「邃雅社的實力雖比不過幾大球社，實力也不算弱，有沈公子方才的戰術絕技，或許會有能與大球社一較高低的實力。」

吳教頭的氣焰被打消，再也不敢小視沈傲，與沈傲攀談一番，詢問沈傲的訓練方法。沈傲也不保留，將肚子裏的貨盡數搬出來。

吳教頭苦笑道：「原來沈公子的訓練和戰術竟是這樣簡單。」

沈傲也笑了：「有些時候，一些最簡單的辦法恰恰是最有效的。」

足足說了兩個時辰，無非是展望下次蹴鞠大賽，探討些經驗心得，看天色不早，沈傲起身告辭，趙宗要挽留他，沈傲苦笑道：「過幾日便要放榜，放榜之後又要入監讀書，非是學生不承王爺的情面，學生實在是還有學業功課要做。」

趙宗也不為難沈傲，只好笑著道：「你若是有空閒，便來本王這裏，這晉王府的大門，隨時歡迎沈才子來的。」

將沈傲送到王府門口，一直將沈傲送上馬車，又不忘囑咐道：「蹴鞠大賽將近，沈公子切記來助本王的一臂之力。」

沈傲滿口應下，上車走了。

大宋宣和五年開春，今兒是初月的月末，節慶的氣氛已蕭條了許多，只是這煩人的綿綿細雨卻似是沒有盡頭，讓人平添幾分煩擾。

蹴鞠熱身賽之後，沈傲總算定下心來，翻開陳濟的書稿去看，他是識貨之人，只略略看了小半個時辰，便領會了這書稿的珍貴之處。

通俗一些地說，書稿幾乎就是如何作經義文章的傻瓜版，書稿通俗易懂，卻隱含著陳濟經義的心得，許多道理看似淺顯，可是在沈傲讀來，卻如雷貫耳，令他突然有了幾分明悟。

所謂的經義文章，其實和畫畫是一個道理，作畫先要布局，而經義文章需要先設立場，也就是破題，之後便是在布局之中填充作畫即可。而經義文章也是如此，設下立場，全文只需按照經義文章的格式不斷的填充辭藻便成了。

沈傲不由地想，將來若是將陳先生這本書稿出版，書名應該叫《一對一教你作經義》，他想著想著，哈哈一笑，天下人都將做經義文章當作一件神聖的事，真是好笑。

沈傲將書稿讀了幾日，再重新翻閱，卻又發現第一遍和第二遍讀起來感悟不同，明明是同樣的文字，卻感覺書中的核心變了。

沈傲心中暗暗稱奇，第一遍讀時，書中充斥著如何填充華麗辭藻的一些辦法和範例，可是第二遍讀來，卻發現這些所謂辭藻和案例都是空的，自己只需謹記一些細節，華麗辭藻都不是問題。

他哂然失笑，這就好像是小學生學字一樣，低齡兒童學字，自然沒有任何投機取巧的辦法，唯有一個個熟讀背誦，了解它的意思。可是若讓一個大學士來重讀這些課文，便學會了活學活用，背誦時只需記住一些偏旁，或者記住詞組，將這些字排列成各種形狀，從而讀出各種句子。

第一遍時，沈傲還在想，若是我將這些辭藻統統背誦下來，往後堆砌起來便可。可是到第二遍時，才明白自己不需要如此僵化，記住一些重點，堆砌辭藻手到擒來。

他反覆地思量了一個時辰，終於明白了這個道理，頭腦頓時空明起來，不由地笑了：「往後任何的經義文章，只怕都難不倒本公子了。」

這種明悟，讓他渾身都舒暢起來，猶如乞丐進入一個寶藏，突然發現，原來那些自

己夢寐以求的財寶，如今已是唾手可得。

第一〇五章
連中四元

等到所有人回過神來，許多人又都不信了，就是沈傲，也有些難以置信，
若說書考、畫考，他信心十足，可是阮考的強者不少，
玉考他也不過是比大皇子率先一步交卷而已，連續四場的狀元，這一下玩大了。

終於熬到了月末的清晨，夫人那邊傳來消息，說是夫人翻了年曆，今日便是黃道吉日，若是沒有差錯，藝考的榜單今日就會頒發出來。

沈傲換上漿洗乾淨的碧衣公服，早早起床，周府已是忙開了，有幾個小廝在大門掛了燈籠，中門也將其洞開，還有一應慶祝的器物都準備乾淨。就是劉文，也手忙腳亂地黏貼封喜錢的紅包。

這一通忙碌，倒是顯得沈傲成了一個局外人，不由地摸著自己的鼻子苦笑：

「喂喂喂……我才是正主好不好？」

周恆在這天也早早地起來了，前幾日躲出去避難，總算是沒有觸碰到周正的霉頭，昨夜冒險回來，聽說了放榜的事，便興沖沖地來尋沈傲，不無妒忌地道：

「沈傲，當時你是我的書僮，我是你的少爺，後來你做了我的表哥，我做了你的表弟。如今我還是少爺，你就要入翰林做官了。哎，這汴京城裏都知道有個沈少爺，就差點要將我這周少爺忘了。」

沈傲給周恆逗得嘻嘻哈哈地笑了，周恆也轉憂爲喜，又興沖沖地道：「不過，你是我的表哥，雖然心裡有點兒不舒服，我還是很爲你高興的。」

沈傲連忙道：「表弟，我有一樣東西給你。」他尋出陳濟的書稿來，不過書稿是抄本，是前幾日他翻讀時，以方便記憶而抄寫下來的。

換作是別人，沈傲自然知道這書稿的珍貴之處，絕不肯輕易示人的；可是在沈傲的心裡，周恆不是外人，不管這份書稿對周恆有沒有用，總要試試看。

「咦，表哥莫非是要還我《武媚娘貞烈傳》嗎？」見沈傲拿出一份書稿，周恆眉開眼笑，翻開一看，卻全是密密麻麻的小字，之乎者也一大堆：「表哥，這是什麼？」

沈傲道：「這是好東西，你拿回去看看，若真的願意用，或許科舉還是有希望的。」

周恆撇撇嘴，不屑一顧地將書稿奉還：「我若真的肯讀書，還是周恆嗎？表哥就不要逼我了。」

沈傲只好苦笑著將書稿收回，人各有志，他也不能勉強。

這時夫人那邊已經喚人來叫了，沈傲與周恆一道去佛堂，夫人朝著沈傲笑：「今日起來，我總是覺得眼皮老是跳，也不知是報喜還是報憂，聽說今日貼榜單的幾處聖諭亭都是人山人海，我們就不去看榜了，在這兒等著，來了消息，自有人來通報的。」

沈傲頷首點頭，正襟危坐，心裡有點兒緊張，雖然明知自己在殿試中表現不差，可是這等待的滋味頗爲不好受。

夫人見他這副模樣，便取笑道：「平時見你什麼事都漫不經心，今日反倒怕了嗎？」

沈傲呵呵笑道：「不是怕，是期望太大了。」

他口裏說得輕鬆，心裡卻在苦笑，從前自己無牽無掛，嘻笑怒罵，全然不將什麼考試當一回事，舉止輕浮、行爲散漫，可是到如今他才懂得，那時候的自己之所以如此，只是因爲孤身一人，並沒有什麼後顧之憂。而現在不同了，就如這場考試，已不再是他一個人的事，非但國公、夫人焦灼，就是春兒、蓁蓁、表妹、唐茉兒她們，又何嘗不是爲自己擔心？還有陳濟、唐大人、諸位國子監博士，同窗故舊，親朋好友，許許多多的人，若是沈傲渾然不在意，這個時候還故作出灑脫來，那當真是太沒良心了。

沈傲抿嘴笑了笑，顯出幾分成熟之色，眼眸一轉，那一份機靈狡黠之色卻沒有減少絲毫，江山易改本性難移，雖是多了幾分責任，可是那份狡黠的氣質卻仍是不減。

呆坐了許久，周若興沖沖地來了，她頭戴帷帽，帽檐下是一張紅粉粉的的瓜子臉蛋兒，嫩黃色的繡襦長裙依舊飄逸，腳步盈盈地走進來，語帶欣喜地問：

「表哥，報喜的人來了嗎？」

只說了一句，便覺得語句不太合適，偷偷瞧了夫人一眼，不知再該說什麼了，臉色微微泛紅，顯出幾分羞意。

沈傲大大方方地道：「應當沒有這麼快來，吉時還沒有到，榜單都還沒有貼呢。」

周若坐下，帶著些許倦意地向夫人道：「娘，表哥穿這身官服倒是頂好看的。」

夫人見周若神色有異，正陷入深思，此時經周若一說，上下打量沈傲一眼，見他束著長髮，戴著綸巾，一身碧服，腰間纏繞著紅絲帶，身材修長挺拔，面目溫潤如玉，劍眉之下是一雙炯炯有神的眼睛，鼻梁挺直，抿著薄唇，渾身上下既是瀟灑，又有一股狡黠勁兒，尤其是那雙濃墨的眼眸，深邃又帶了些許玩世不恭，不由地道：

「他倒是和你爹年輕時有幾分相似……」

這句話不由自主地說出來，讓回神過來的夫人不禁懊惱地皺了一下俏眉：「瞧我胡說什麼。」接著便笑了起來。心裡卻在想：「方才若兒看他的眼神兒有些不同，莫非——」

夫人抿著嘴，一時也慌了主意，沈傲這副打扮，再加上他的才幹，若是少女不動心才是假的，只是若兒真的喜歡了這個表哥，又當如何？她心裡亂亂的，一時沒了主意。

周若聽夫人將沈傲比作了爹爹，一時掩嘴偷笑起來，不由地想：

「這就叫情人眼中出西施，換作了娘，那就是情人眼中出宋玉，在娘眼裏，爹爹自然是最是風流倜儻的了，將沈傲和爹爹對比，那豈不是誇沈傲嗎？」

只是，她下一刻發現夫人別有深意地在她和沈傲的身上來回看了看，而後陷入深思，心中不由地咯登一下，抿了抿嘴，有些羞澀又有些懊惱地低下頭。

過不多時，有人來報，說是國公來了。

不一會兒，精神抖擻的周正捲簾進來，左右四顧，呵呵笑道：「人都在？這便好極了，我剛從宮裏得了消息，說是陛下的朱批已經下來了，那榜文剛從宮中出來，現在正往各處聖諭亭去，過不了多時，就會有消息傳來。」

他踱步進來挨著沈傲坐下，卻是看到周恆，瞪了他一眼，周恆頓時嚇得魂不附體，灰頭土臉地低頭喝茶。

周正語氣淡然地道：「恆兒，我在殿前司爲你尋了個差事，你若真是不想讀書，過幾日就去殿前司點卯吧，人各有志，我也不再逼你了。」

殿前司乃是禁軍中最爲顯赫的三司之一，負責內城和皇城的衛戍，尤其是皇城衛戍，責任重大，能領到這份差事的，一般都要有出身才成。三司禁軍乃是權貴豪門中衙內的聚集之地，走不上文官的道路，那麼只能從武了，進了禁軍，只要後台夠硬，幾年便能提拔起來。

就如那深得聖眷的高俅，雖然趙佶對他極爲厚愛，可是他沒有名，也不可能步入官場，這才讓他先入禁軍，隨後一步步提攜，最終坐上侍衛親軍馬軍司指揮使的寶座，後來又加封爲太尉，太尉雖只是個榮譽官號，可是在許多人看來，高俅的地位已凌駕殿前司和侍衛親軍步軍司兩個衙門之上了。

不過，大宋朝崇文抑武，身為國公世子，進入禁軍也是不得已而為之的事，周正作出這個決定，倒是出乎人的意料之外。

入禁軍？周恆先是愕然了一下，隨即露出欣喜之色，這意味著父親再不會過問他的功課，再不必去國子監讀書了。

沈傲偷偷擰了周恆一把，心裡倒也替周恆高興，殿前司？他的朋友好像不少，往後可以多多走動。

沈傲在心裡竊笑，往後誰要敢欺負他，他便可以光明正大地指指自個兒的胸口，自豪地說：「兄弟的表弟在殿前指揮使司幹活，動武？來來來，你等著，哥去叫人。」

夫人歡喜地笑道：「從前我就勸公爺讓恆兒入禁軍算了，公爺在三衙裏還算有些影響，咱們周家便是三衙裏起家的，門生故吏都在那頭呢，可是公爺當時就是咬住口不同意，如今怎麼想通了？」

周正笑道：「有些事，夫人還是不知道的好。」

他吁了口氣，周家的先祖，也是最早和太祖皇帝起兵的大將，歷經了幾世，又有幾個先祖立下了赫赫戰功，這才得了這國公的爵位。可是周正的父親就不再從事武職了，畢竟這武職在大宋朝一向為人看輕，因此轉而從文，周正原想締造出個書香門第來，誰

知到了周恆這一輩卻又要從武，心裡的願望落空，感到說不出的難受。

想到這些，周正忍不住地看了沈傲一眼，不由地想：「倒是沈傲這個外戚竟有這般的造化，琴棋書畫無不精通，讀書也肯用功，早晚要入朝的，周家裏頭，這一代裏總算也出了幾個有點兒出息的人，雖說不姓周，將來還是可以寄予厚望的。」

他甚至在想，將來周恆爲他生了孫兒，這孫兒一定要送到沈傲這一房去培養，再不能學周恆這個不孝子了。心裡感慨良多，擠出幾分笑容對沈傲道：

「沈傲，請柬我都已準備好了，滿朝文武。公侯伯子男，還有汴京各家的大戶延請了一半，是否能風光體面，就看報喜之人報來的是什麼喜了。」

沈傲點頭，連考了四場，他不信自己連個狀元都沒有，這一次周正請這麼多人，只怕是要自己去結識一些周家故舊的成分多一些。

焦灼等待，眾人反倒沒有詞兒說了，時間慢慢流逝，夫人問了幾遍時間，等到過了吉時，夫人道：「只怕要來了，劉文，中門開了嗎？」

劉文在外頭一直候著，道：「已經開了。」

夫人點了點頭，心神不屬地道：「喜錢再添一些，總不能教人失望。」

劉文應了一聲，又去忙活了。

劉文前腳剛走，卻又急促促地跑回來，嘶聲道：「公爺、夫人，來了，來了，報喜的人來了……我聽到外頭有銅鑼響，準沒有錯的。」

夫人這時倒是矜持起來，正坐道：「慌個什麼，你去問問，再來回報。」

劉文說罷，又飛快地去了，沈傲心裡一緊，若是連個狀元都沒有賺回來，這面子就丟得有點大了，不過，此刻他又是出奇地冷靜，腦海中一片清明。

不多時，劉文回來，這一次不再是急促促的，而是腳步穩健地撩開簾子進來，面無表情地朝眾人行了禮，道：「公爺、夫人……」

佛堂裏的人心裡都咯登了一下，劉文的表情太奇怪，莫非沒有報個狀元來？

在座的對沈傲的期望都很高，就算沈傲給點中了探花，他們也是不屑的，要的就是天下第一，之所以如此，實在是國公那一日從殿試回來，眼看到沈傲的精彩表現，已認爲狀元十拿九穩，這些話從一向穩健的公爺口中傳出，眾人自是期待無比；更何況連續四場殿試，就是搖骰子賭點子，也該中了。

劉文不徐不慢地道：「報喜的人已經傳了話，說是表少爺連續中了四場的狀元……」

「四場？」

「劉文，這消息可準確嗎？快教人去聖諭亭看看，或許有人看錯了。」

劉文的話音剛落，佛堂中先是靜籟無聲，等到所有人回過神來，許多人又都不信了，就是沈傲，也有些難以置信，若說書考、畫考，他信心十足，可是阮考的強者不少，玉考他也不過是比大皇子率先一步交卷而已，前後不超過三秒鐘，連續四場的狀元，這一下玩大了。

劉文正色道：「斷沒有錯的，小人到了府門，便有好幾撥報喜的人來，所有人都言之鑿鑿，確是四場頭名，都是官家親自朱批的。」

周恆畢竟懂得許多市井中的手段，忍不住道：「會不會是有人故意來詐錢的？」

他這一番道出，夫人也有些猶豫了，既喜又憂，市井中還真有這種報假喜的，一些潑皮等到放了榜，也不去看，便去各家的客棧尋那些考生，逢人便說他已高中了，那些考生不明就裏，欣喜若狂之下自是四處賞錢，如此一來，這些潑皮一路過去，一趟便能賺幾貫的喜錢，若是遇到一些大戶人家，十幾貫也是有的。

周正倒是沉得住氣，道：「劉文，你親自去聖諭亭那邊看看，不是親眼所見，總是不放心。」

劉文應了一聲，立即去了。

「四場連中？公爺，這大宋朝有這樣的先例嗎？」夫人已是坐不下去了，站起來在佛堂裏來回踱步。

周正苦笑道：「莫說是四場，就是兩場連中的也沒有，藝考雖比不得科舉，可是要在一場獲得頭名，就已是了不得的事。」

「嚇，若沈傲真的中了四場，這朝廷該封他多大的官兒啊。」夫人捂著胸口，焦灼不安，且驚且喜，既怕被人騙了，又覺得這不是空穴來風。

一旁的周若撲哧一笑，道：「娘，便是考中了一百場，這官兒也是不變的，莫非考了四場就可以做太師嗎？」

夫人慍怒道：「你這孩子懂個什麼！」她來回走動，還有點兒小心思，若真的連中了四場，莫說沈傲前途有望，就是她將來與那些夫人在一起，有這麼一個子侄，面子上也足了許多。

周正鎮定自若，臉上忍不住泛出一絲紅光，瞥了沈傲一眼，見他端坐不動，倒有幾分泰山崩於前而色不變的氣質，心裡忍不住讚了一聲：「年紀輕輕便有如此氣度，倒是奇怪得很。」

想著想著，周正便哂然一笑，這個沈傲，沉穩起來猶如歷經滄桑的中年人，玩鬧起來卻猶如頑童，完全不計後果，真不知到底哪一個面孔才是他的真性情。

沈傲見夫人急得團團轉，反倒去安慰她，親自去斟了杯茶，送到夫人手上道：「姨母，命裏有時終須有，這不知是佛祖還是哪個高僧說的，你好好歇一歇，喝口茶定定

神。」

夫人便笑了，深望了沈傲一眼，又想起方才周若對沈傲的異樣，心情更是複雜了，道：「你是個好孩子，不必管我，我喜歡這樣。」雖是這樣說，最後還是捧著茶坐下，問了時辰，口裏喃喃道：「劉文怎的還不回來？」

周恆道：「娘，劉文才剛走呢，哪有這麼快回來。」

「哦，是嗎？」夫人反詰了一句，低頭喝茶，突然蹙眉垂淚起來：「今個兒真教人既喜慶又害怕，我父母去得早，娘家的人都冷眼相看，公爺垂憐我，可我做了這個夫人，便沒有一日省心過，別人家的夫人都是帝姬、郡主、大戶人家的小姐，唯有我和她們說不上話，怕她們瞧不上我這沒有娘家的人，如今天可憐見，我這娘家裏總算是有了個人了。」

這一說，便教人無詞了，周正吹鬍子瞪眼道：「你在孩子們面前說這些做什麼，沒的叫人笑話。」

沈傲在一旁連忙道：「姨母，你放心，有我在，誰也不敢輕視你。」他突然促狹一笑，繼續道：「若是姨父敢欺負你，不是還有我來給你做主嗎？」

這一句話說出來，周恆便哈哈大笑。周若瞥了沈傲一眼，忍俊不禁；周正先是微微一愣，隨即莞爾，夫人卻是極認真地道：「對，對，沈傲還是靠得住的。」

正說著，外頭傳來劉文的嘶喊聲：

「來了，來了，楊公公來了，楊公公來報喜了……」

「楊公公？」周正微微皺眉，大宋立國以來，從沒有放榜時宮裏出來報喜的規矩。這個楊戩，到底是因爲與沈傲的私交而來呢，還是得了官家的授意？

周正想了想，理不出頭緒，便起身道：「速速領公公到堂中高坐，沈傲，你去會客。」

沈傲不由道：「姨父，你是家主，這會客的事……」

周正笑了笑：「我身爲國公，總該避一避嫌，反正這一趟楊公公是來尋你的，你好生招待，不要輕慢。」

沈傲會意，朝眾人告辭，由劉文領著，往外院去。

劉文笑嘻嘻的道：「表少爺，這一趟只怕當真是四考連中了，楊公公方才也說了，是來報大喜的。這個大喜，不是四個狀元頭名是什麼？」

四個狀元，劉文想出的這個名詞倒也有趣，不過，這天下還真沒有連續考中四場中了四場狀元的，因而誰也不知該怎麼稱呼，單叫一個狀元公，又如何彰顯這一份得來不易的成績？

沈傲哂然一笑：「淡定，淡定，越是這個時候，周府上下都不能表現出倨傲來，要低調矜持，免得教人議論。」

劉文心知沈傲的心意，頷首點頭道：「表少爺放心，我省得的，待會兒我吩咐下去，府裏上下，保準沒人亂說。」

等到了正堂，踱步進去，便看到楊戩正慢吞吞的舉著茶盞吹著茶沫，見了沈傲過來，翹起的腿兒放下，笑嘻嘻的道：「沈公子，咱家等的你好苦。」

沈公子帶笑過去，在楊戩身側坐下，道：「楊公公親自來，真是給學生面子，嘿嘿，到時少不得給楊公公封一封大紅包了。」

楊戩咯咯大笑，道：「對，這一趟，你還真要封一封大紅包給咱家，沈公子去看了榜嗎？」

沈傲搖頭：「並沒有看過。」

楊戩道：「沈公子，這一趟你可要名垂青史了，書畫阮玉四場考試，你連中四場頭名，哈哈，說起來，這考試還是咱家為你報的名，咱家與有榮焉。咦，你為何卻是苦著個臉，這是好事兒啊。」

沈傲苦著臉道：「學生苦啊，連考四場，這麼多來報喜的，還有闔府上下，功名是有了，難免要破一回財。」

楊戩大笑，心知沈傲只是說笑，便拍著胸脯道：「公子沒錢，找咱家……來借，咱家與公子是什麼交情，還能叫你爲難嗎？」

他原本想說找咱家要，話說到一半，立即縮了回去，改了個借字。楊戩太熟悉沈傲的性子了，這傢伙臉皮比自個兒還厚，若是說個要字，還真保不準他順桿兒往上爬，向自己討要錢財了。

楊戩這個人最是愛財，別的都好說，就是一個錢字，就要掂量掂量了。

沈傲抿嘴笑：「這些錢學生還有，倒是不必勞煩楊公公。」

沈傲心裡還是無比歡喜的，四場頭名，天下第一啊，他可一點兒也不清高，功名利祿，他是一向都不肯少的，只不過得了這四頂狀元帽子，他卻不敢過分欣喜，名頭越大，越是讓自己處在風口浪尖上，無數隻眼睛看著，一舉一動，都引人注目，還是低調些的好。

陪著楊戩喝了會兒茶，沈傲親自拿出百貫錢引來，封了紅包送給這位不辭勞苦的楊公公。楊公公一摸，便知道紅包中錢引的分量，心裡忍不住笑：「沈公子正常起來，還是很會做人的，咱家沒白來這一趟。」

說著，看了看天色：「時候不早，咱家要回宮去了，沈公子，你好好在府中慶祝吧，到時擺酒宴時，莫忘了送一份請柬到咱家那兒去。明日清早你還要去宮裏頭謝恩，好好歇一歇，讓滿朝文武見識見識四科狀元的風采。」

沈傲將楊戩送出去，中門外頭，卻是讓他嚇了一跳，那報喜之人竟是黑壓壓的將整條街都堵上了，媽啊，整個汴京的潑皮都來了，這……要多少錢才能打發？

原本這些潑皮哪裏敢到祈國公府來放肆，就是平時路過，也都得繞著個彎兒過去，可是今日不同，所謂伸手不打笑臉人，再者說，祈國公府裏出了這麼轟動的大好事，以他們的身家，賞錢自是不少，因而匯聚的人越來越多，紛紛都是道：

「恭喜沈公子，沈公子連中四場，將來平步青雲，入院拜相指日可待。」

「沈公子洪福齊天，學富五車，連中四元，今古未有，這是傳世佳話……」

好在那些報喜人都不認識沈傲，見到沈傲和楊戩出來，倒也沒有造成轟動，沈傲臉色有點兒僵硬，將楊戩送走，連忙回後院去。

將外頭的情形和周正、夫人說了一通，夫人已得知這連中四元是千真萬確的事，喜滋滋的道：「你這孩子想這些做什麼，封賞的事自有劉文去辦，要多少錢也不怕，這一回太好了，太好了……」

她激動的紅唇顫抖，在佛堂裏不自覺的來回踱步，臉色潮紅欲滴，捂著急跳的心口道：「賞，要大賞，喜宴請的人還是太少，劉文，再想想還有什麼人沒有請到，請柬下午就送出去，不要耽擱，明日沈傲要入宮謝恩，後日也是吉日，酒宴就選在後日午時，還有……府裏頭也要修葺一下，不能失了體面。」

周正頷首點頭道：「夫人，你先坐下說話，你晃得我眼暈。這事兒要大辦，一些重要的賓客，我下午親自去送柬子，恆兒，到時你去殿前指揮使司去送柬子，胡憤指揮使，還有幾位副都指揮使、都虞侯都要送到。」

周恆人情世故還是懂的，父親的意思是，他即將入殿前司公幹，趁著這個名義先去和諸位上官照照面，將來有個照料，連忙滿口答應下來。

周正又道：「沈傲，至於國子監裏的諸位博士，就由你去拜謁送柬了，帶些禮物去。」

沈傲應下。

周正躑躅道：「不過，有件事我有點放心不下，沈傲，我問你，你說這晉王該不該送個請柬去？」

周正的擔心可不是多餘的，晉王這人瘋瘋癲癲，若是不送請柬去，說起來兩家還是聯姻，他和沈傲也是有交情的，殿試時還幫了沈傲一次。可是若送了請柬去，依著晉王的意思，多半也不會來，請了客人，客人不來，對於周正這樣的大家族來說，卻是一件極失臉面的事。

偏偏這位晉王性子孤僻，當年蔡京兒子娶妻，特意叫人去請，他倒是好，叫了個馬夫前去赴宴，差點兒沒教那位蔡太師氣得背過氣去。

還有那衛郡公，按理說，兩家的關係還是極好的，請了他去，他也一點臉面都不肯給，仍舊打發了個馬夫去，衛郡公雖是無話可說，可是這心裡只怕也很是不快了。好在後來王妃親自去道了歉，總算是挽回了些顏面。

周正不怕晉王不來，就怕到時悲劇重演，叫個馬夫過來，這臉兒往哪裏擱？

沈傲不明就裏，道：「姨父，晉王和我倒是有些交情，再者說也曾幫襯過我一次，若是不請他，只怕於禮不合。」

周正搖頭苦笑，一時踟躕。

正在這個時候，劉文卻又是飛快來報，道：「晉王府來了個公公，要面見公爺和表少爺。」

周正和沈傲面面相覷，真是說曹操曹操便到，這個節骨眼上，晉王打發人來做什麼？

來人既是個公公，進了後院就不必忌諱了，周正道：「請那位公公來。」

第一〇六章
膽大包天

魏虞侯忙道：「謝大人提攜。」

這一句提攜，卻全不是這麼回事，雖是提攜，可是言外之意卻是：

自己若是能保證衙內的安全，格殺了這膽大包天的秀才，提攜便十拿九穩了；

可若是事情搞砸，後果便不堪設想。

過不多時，一個尖嘴猴腮，帶著恭謹的小公公進來，朝周正、沈傲行禮道：「見過公爺，見過沈公子，奴才奉了晉王的命令，前來恭賀沈公子高中，晉王說，沈公子這一趟中了狀元，他高興得很，還說到時少不得要來討要一杯薄酒……」

小公公後面的話，周正便聽不下去了，滿臉震驚之下，哪裏還管後頭是什麼客套話。晉王要親自來赴宴？周正以爲自己聽錯了。

這個晉王還真無人能請得動，就是官家有時候叫他進宮，他往榻上一躺，便說本王病了，下不得床，不去。遇到這樣的寶貝嫡親兄弟，連官家都無奈何，還得派個太醫去給他診病，雖然知道這晉王多半是裝的，卻還得噓寒問暖一番。

周正隨即又想，若是這位晉王能來，那可真是好極了，祈國公闔府上下，當真是榮耀得很。請晉王赴宴，可不比請官家赴宴容易，大喜道：「我正要給王府去送請柬，想不到晉王還親自派人來，實在太客氣了，好，下午我親自送請柬過去，公公還有什麼事嗎？」

小公公笑呵呵的道：「不知哪位是周夫人？」

夫人臉色微微一變，她和晉王府是一點干係都沒有，便忍不住道：「我是。」

小公公更是恭謹的行禮，道：「我家王妃叫我來問候夫人一句，說是王府與公府是有姻親的，夫人的賢名，我家王妃早就聽說過，若是夫人有空閒，可去王府坐一坐，與王妃話話家常，看看王府後園裏的花兒。」

夫人心中欣喜極了，晉王妃乃是汴京城中最顯赫的幾個夫人之一，她這般的邀請，自是將自己看得極重，臉上故意做出一副波瀾不驚的模樣道：

「王妃相邀，我自是要去的，回去轉告王妃，若是王妃有空，也可到公府來坐坐。」

周府拿出了喜錢，打發完了外頭報喜的潑皮，爆竹驟響，熱鬧了一番之後，整個周家又陷入忙碌。

劉文負責採買，要舉辦一場大酒宴，也不是輕易的事，大大小小的事，大多都落在他身上，菜肴、美酒、還要給一些不太重要的賓客送請柬，更別說府上還要修葺了。

至於周正、周恆二人也都去請人了；沈傲不甘落後，跳上馬車，提著禮物，一家家拜訪諸位博士，放榜的事早已在汴京流傳開，連中四元，天下少有，自然少不得一陣紛紛議論，因而這消息也傳得快，博士們也早已聽說了，接過沈傲的禮，俱都是眉開眼笑。

藝考原本和國子監無關的，國子監沒有書畫院，這藝考，他們是一向不關心的，可是誰也想不到，今年的藝考，竟是個監生奪了四個頭名，太學生雖有不少人入榜，卻個個折戟而返。

如此一來，國子監與有榮焉，博士們自是興高采烈地好好誇耀沈傲一番，才是接下請柬，紛紛說一定光臨。

最後一站是唐大人家，沈傲的馬車剛停下，便聽到籬笆門裏的前院有聲音傳出來：「連中四元，這是歷朝歷代也沒有的事！你去打聽打聽，若是老身說錯了一句，便教天打雷劈。」

「是啊，是啊……這個沈傲便是上次那個沈公子，其實不是我家的親戚，是唐嚴的高足。你等著瞧，他這一次考了頭名，一定會來拜謁的……」

後來說話的是唐夫人的聲音，唐夫人還是一如既往的粗獷，沈傲抿嘴一笑，在外叩門道：「唐大人在嗎？學生沈傲前來拜謁。」

唐夫人且驚且喜地打開門，眉開眼笑地道：「沈傲，你來了，快進來，快進來，那死鬼在廳裏等你呢。」

唐嚴又不知什麼時候惹到了這位夫人，說到唐嚴兩個字時，唐夫人把牙齒都快要咬碎了，沈傲躬身行了個禮：「學生見過師娘。」偷偷地掃了這院子一眼，竟見不少三姑六婆也在，其中有幾個還和沈傲認識的，見到沈傲，一個個表現得拘謹起來，不約而同地過來福身行禮。

沈傲連忙道：「這禮學生是斷不敢受的，諸位都是學生的長輩，豈能受得了你們的大禮？」說罷，沈傲連忙逃也似地衝進小廳，見到唐嚴，唐嚴正用毛巾捂著自己的腮幫子，臉上有不少劃痕，像是被指甲撓破的一樣。

見到沈傲突然進來，唐嚴面色一紅，隨即又氣呼呼地用濕巾捂著腮幫子道：「唯女子與小人難養也，哼，我要將她休了，不守婦道，不分尊卑，這樣的女子，還留著做什麼？」

沈傲心裡竊笑，面上卻是一副裝作沒有看見也沒有聽見的樣子，恭謹地朝唐嚴行了個禮：「學生見過大人，咦，大人，你這臉上……」他刻意頓了頓，見唐嚴更是尷尬，連忙道：「莫非是摔了一跤嗎？」

摔跤？唐嚴臉上舒緩了一些，總算擺出一點威嚴，道：「咳咳……人老了。」他既不承認，也不否認，這一句人老了最是玄妙不過，你可以理解成人老了，所以摔跤了，還可以理解成他只是一時感慨。

沈傲在唐嚴的示意下欠身坐下，笑呵呵地道：「往後大人可要注意些，春雨綿綿，地面泥濘，很容易摔倒的。」

他將禮物放在桌上，又抽出請柬來，畢恭畢敬地送到唐嚴手裏，道：「後日周府大宴賓客，大人是上賓，學生親自給您將請柬送來了。」

唐嚴接過請柬，這才想起沈傲殿試的事，忍不住道：「我剛剛聽人說，你連中了四場藝考頭名，老夫還未恭喜你，沈傲，這一次你爲我們國子監出了口氣，哈哈，只怕這一次，那位成大人有好些天要吃不下飯，輾轉難眠了。」

唐嚴笑得很難看，明顯是強行擠出來的。

沈傲虛心一笑，道：「這都是大人教導有方。」氣氛有點怪異，接下來不知該說什麼好了。

正在這時，唐夫人挑簾子進來，笑容可掬地道：「我就說沈傲今日會來的，沈傲，你先坐坐，我這就給你斟茶去。」

沈傲連忙客氣道：「不必了，學生這一趟是來送請柬的，師娘，你也累了，歇一歇吧，我坐坐便走。」

方才唐夫人在外頭和人說得口若懸河，到了這裏，反倒不提藝考的事了，笑吟吟地道：「送請柬？這敢情好，我做主答應下來了，你家唐大人保準赴宴。」

唐嚴冷笑道：「男主外，女主內，這事還得需你做主答應下來？」

砰……，這一聲驟響教沈傲嚇了一跳，只見唐夫人一掌拍在桌上，氣勢十足朝著唐嚴獰笑：「你要反天了是不是？」

唐嚴嚇得不由自主地縮了縮脖子，背脊有點兒發冷，看到沈傲在側，又覺得氣不過，努力強迫自己擠出幾分威嚴，瞪著唐夫人道：

「你這潑婦，我……我……」

「你要做什麼？你說，你說呀？」唐夫人叉著手，已欺身上去，猶如一座巍峨大山，俯視坐著的唐嚴，聲若洪鐘般高聲道：

「你要休了我是不是？好，老娘就等著你說這句話呢，來，快去拿紙筆來，你來休休看！你這老不死的東西，老娘跟了你二十年，享過一日福嗎？當年置辦這宅子，用的還是老娘的嫁妝呢！要休我？你立即滾出去再說。」

她一開始氣勢逼人，後來又是大哭咒罵：

「你這沒天良的東西，就這麼點兒俸祿，不是老娘在家中一個銅板掰著兩樣地花用，你早就餓死了。沒錢便沒錢，還硬要裝大方，嚇，人家找你借錢回鄉，你還真借了，足足四貫錢，那人回了杭州，還有還的一日嗎……」

唐嚴被這軟硬兼施的哭罵一治，立馬不敢吱聲了，只是捋鬚搖頭：

「我又沒說休妻，你哭什麼，當著後輩的面，虧你哭得出，女子與小人不可養也，不可養也……」

沈傲聽得一頭霧水，向唐夫人問：「師娘，這到底是怎麼一回事？」

唐夫人看了沈傲一眼，也沒有當沈傲是外人，哭哭啼啼地道：

「還不是藝考的事，有個杭州來的考生，說是什麼世交來拜訪，又說考完了試，沒錢回鄉，要向這老東西借，這老東西大方得很，一出手便是四貫錢。沈傲，你來說說看，我們的家境，你是知道的，他唐大人一個月也只有這麼點兒俸祿，今兒借給那個學生，明日又給那個什麼世交送盤纏，我們這個家經受得起這樣的折騰嗎？」

唐嚴吹鬍子瞪眼道：「又不是相贈，是借。」

唐夫人帶著冷笑地看著唐嚴道：「借？你借了這麼多錢出去，可見有人還過嗎？」

唐嚴又不吱聲了。

沈傲連忙道：「大人確實做得不對，大人是有家室的，又豈能四處將錢借給別人，更何況大人的家境也不寬裕。」

見唐嚴一眼瞪過來，沈傲硬著頭皮又道：「其實呢，師娘也不必如此激動，人家尋上門來借錢，大人總不能拂了人家的臉面，既是真有困難，借點錢出去也並無不可。」

唐夫人的臉上也難看起來了。

暈啊！沈傲心裡哀叫著，難怪說清官難斷家務事，自己這是自取其辱，左右不是人了。訕訕笑道：「明日還要進宮謝恩，今日要早些睡，養些精神，學生告辭了……」偷偷地在桌上放了幾貫錢引，便溜之大吉。

從唐家出來，沈傲鬆了口氣，心中暗暗慶幸，還好自己跑得快，再晚，就把這一對冤家都得罪了。看了看天，天色其實還早，剛準備離開，正好看到唐茉兒疾步往這邊走過來。

「茉兒姑娘。」沈傲喚了一聲，迎上去，卻看到唐茉兒的臉色蒼白，見了沈傲舒了口氣，道：「沈公子，我先回家去。」

沈傲見她臉色極差，關心地道：「茉兒姑娘今日是怎麼了？方才是從邃雅山房施粥回來嗎？是不是和春兒鬧彆扭了？」

唐茉兒連連搖頭，眼眸中現出焦灼之色，道：

「沈公子，後頭有人……」

她這一句話聲音極低，又羞又急，恨不得快快帶著沈傲離開這是非之地。

沈傲舉目過去，果然看到六七個人尾隨過來，當先一個，是個圓領綢緞春衫的公子哥，搖著扇子，臉上帶著囂張的笑容，身後六七個家丁打扮的傢伙跟在公子哥身後，一個個臉上嘻嘻哈哈，不像是家丁，更像是潑皮。

沈傲明白了，冷笑一聲，一把抓住唐茉兒的手，低聲道：「有我在，不必怕。」

唐茉兒第一回被一個男子抓住手，見沈傲一臉沉穩的模樣，臉上生出羞色，心跳得更快了，可是心兒總算定下來了，低聲道：「沈公子，我們還是回家去吧，回了那裏，他們不敢追進去的，有我爹爹在……」

她越說聲音越低，後面的話就啓不開口了，只感到自己的手心兒被人握著，握得自己的手很暖和，很有力道。她想抽出來，但又怕傷了沈傲的心，這一遲疑，便更加六神無主起來。

沈傲心裡苦笑：「隨她回家?回家更慘呢。至於她的爹爹，還是不必指望了，唐大人要是指望得上，那臉上的抓傷又是怎麼來的?更何況，居然有人敢打唐茉兒的主意，自己又怎麼能躲開，這一躲，雖說可以少些麻煩，可是自己還做得了人嗎?」

正在這個時候，那公子哥帶著六七個家丁邁著王八步過來，卻沒想到沈傲的出現，臉上微微一愕，隨即大笑，對唐茉兒道：「姑娘的腳步好快啊，本公子跟了一路，好不容易才趕上。」他故意彎下腰去用扇骨捶打膝蓋，一副氣喘吁吁的樣子。

六七個家丁一個個相互使了眼色，抱著手分散開來，有意無意地擋住了沈傲和唐茉兒的退路。

沈傲在心裡鄙夷，看來這個王八蛋公子是做慣了這等事的，否則那七八個家丁不可能如此熟稔，奶奶的，專業混黑社會的啊。

沈傲緩緩地笑了，每當他心裡不高興的時候，就會有這麼一個習慣，接著微微抬起下巴，用著銳利的目光看著眼前這幾個人。他不會怕，對付這種人，你越是心虛，他就更加得寸進尺，說不定這公子會爲了逞一逞威風，立即教人捶打自己一頓。

所以若是對手囂張，他更要囂張，讓對手摸不清他的來路，才會教對手投鼠忌器，不敢輕舉妄動。

公子哥用著審視的目光打量著沈傲，見沈傲一副鎮定自若的樣子，不得不對沈傲另眼相看了，冷笑道：「你是誰？這裏沒有你的事，你快走……」

沈傲淡笑道：「這倒是奇了，明明是我和我娘子在這兒說話，你是誰，竟說沒有我的事，該走的是你才對吧！」

幾個家丁已是大怒，忍不住湊近了些，公子哥張狂大笑，道：「她是你的妻子？這好極了，本公子最喜歡的便是別人的妻子，來人！」

沈傲抱著手，嘴角依然帶著笑，只是漸漸變得冰冷起來；此時那公子哥又道：「將這娘們帶回府上去。」

家丁們應命，紛紛圍了上來，沈傲牽住唐茉兒的手，才是感受到唐茉兒的手心已經布滿了冷汗；唐茉兒此時心亂如麻，聽見沈傲說她是自己的妻子，又聽這公子哥胡說八道，此刻不是沈傲緊緊握住她，而是她緊緊握住沈傲的手難以放鬆半分，一雙眼眸顯得又驚又恐。

沈傲哈哈一笑：「這倒是有意思了，要將我的妻子拿到你的府上去？瞧你這樣子，莫非是皇子嗎？」

沈傲從容淡定，眼見這些惡丁欺上來，一點都不緊張，身子不自覺地護住了唐茉兒。

那公子哥眼見如此，大聲冷笑了一聲，手指著沈傲道：「抓住這娘們，再將這人也綁了，帶回府裏去，本公子要好好教訓教訓他。哼，小小一個書生，也敢在本公子面前囂張，當真活膩了！」

家丁們得了公子哥的命令，呼喝一聲，已是加快了步子。

沈傲又是從容一笑，對唐茉兒低聲道：「茉兒姑娘害怕嗎？」

唐茉兒緊緊地抓住沈傲的手，咬著唇道：「茉兒……茉兒不怕。」

她突然感覺沈傲一下子掙開了她的手，正是一驚，抬起眸來，便先聽到一聲哎喲的痛叫聲，不知什麼時候，沈傲已經上前將那公子哥捉住，左右開弓，狠狠地在他臉上搧了兩巴掌，那公子哥雖長得其貌不揚，可是皮膚顯得格外的白皙，這兩巴掌打得極重，不一會，那公子哥兩邊的臉頰上已生出了兩個殷紅的掌印，就是嘴角，也腫得老高。

這個變故，除了沈傲，其他人都始料未及，那公子哥囂張極了，原本還想以多欺少，對沈傲這個書生也不放在心上，因此他離沈傲、唐茉兒二人是最近的，他又如何想得到，一個書生竟敢衝過來打他。

這兩巴掌，打得他眼淚都出來了，他平時養尊處優，手無縛雞之力，哪裏有沈傲的力氣大，沈傲先是兩巴掌，隨即抓住他的脈門將他的手重重一扭，公子哥便如癱瘓一般，眼淚鼻涕都流了出來，痛呼不已。

他帶來的七八個家丁此時也愣住了，連忙捨了唐茉兒，要來解救主子。

沈傲冷笑一聲，扭著公子哥的手，好整以暇地道：「喂，你是教你的奴才上來，讓我扭斷你的手呢，還是教他們立即退下？」

沈傲說罷，手上又用勁地向上一提，那公子哥如殺豬一般痛叫道：「誰……誰都不許過來，快……快退下。」

家丁們一時六神無主，頓住腳，其中一個道：「小子，我奉勸你一句，快將太歲爺爺放了，否則教你吃官司！」

「官司？」沈傲哂然一笑，先對唐茉兒道：「茉兒，到我這邊來。」一把扭住這位被人稱之爲太歲爺爺的公子哥，微笑著道：「怎麼？這官衙是你家開的？你叫我吃官司便能吃？」

他掰住太歲爺爺的手腕，輕輕一扭，太歲爺爺幾乎要痛得昏死過去，沈傲又是一巴掌下去，將他打得啪啪作響，太歲爺爺痛得冒了一身的冷汗，看到沈傲突然鬆開，扯住他的衣襟將他半提著起來，問：「喂，小子，你的家奴好像很囂張。」

公子哥又是嚇得臉色蒼白，連忙道：「我……我……好漢饒命……」

見這傢伙如一灘泥的軟下，沈傲鄙夷一笑，剛好看到其中一個家丁悄悄離開，想必是叫人去了；他倒是一點都不怕，穿越了這麼久，他總結了許多經驗，其中一條便是，事情一定不要怕鬧大，鬧得越大，才好收場。

眼見家丁們不敢過來，暫時可以保住自己和唐茉兒的平安，沈傲打了個哈哈，看了下天色，時間已經不早，便朝那公子哥問：

「你是誰？爲什麼敢欺負我家娘子？」

公子哥嚇得大氣都不敢出，直到沈傲作勢要打人，才連忙道：「我叫高進，侍衛親軍馬軍都指揮使高俅高太尉便是我爹……」

沈傲一時無語，原來是高衙內，哼，看來這位聲名赫赫的衙內今日是要讓自己撞見了，有意思！

沈傲冷笑一聲道：「你爹是高俅？他不是你親爹吧？」

高進連忙道：「是……啊，不是，我是他的侄兒，是過繼到我爹那兒的。」

沈傲噢了一聲，突然問：「這麼說，高俅生不出兒子咯？」

這本是極爲隱私的問題，高進一時愣了，目瞪口呆，再不敢回答了。

沈傲冷笑一聲：「你說不說？」

高進嚇得冷汗如豆，忙道：「生……生不出……」

沈傲嘆了口氣：「生了兒子也沒有屁眼，只好拿你這假兒子來頂替了。」說罷，便不再問了，輕鬆自如地對唐茉兒道：「茉兒，夜這麼深了，只怕這件事並不容易善了。」

唐茉兒一聽「太尉高俅」這四個字，忍不住有些驚慌，低聲道：「沈公子，算了，我們放了他吧，叫他發一個毒誓，不許再糾纏我們便是。」

高進聽了，連忙道：「對，對，我絕不敢再糾纏你們，請你們高抬貴手——」

沈傲冷哼一聲：「你的毒誓我會相信？」

高進一時膽子大了些，扯著嗓子道：「你可要想清楚，我爹乃是當朝太尉，你若動了我一根指頭，我爹不會放過你的。」

沈傲不理他，此時日頭漸漸落下，天空灑下一片昏黃，一些沿途的百姓停住了腳步，往這邊看來。

過不多時，街角傳出一陣馬蹄聲，接著便有數十個禁軍模樣的人撥開人群。為首的一個乃是虞侯，一步跨來，當先便看到了被沈傲制服的高進，他面色如一泓秋水，踏步上前：「是誰敢抓高公子，莫非不知道這高公子是誰嗎？」

這話自是問沈傲的，沈傲呵呵一笑：「當街調戲我家娘子，我抓他又如何？」

虞侯哈哈一笑，帶著一股自信的笑容道：「小子，你闖下彌天大禍了。到了這個時侯還不知悔改嗎？快將高公子放了，或許我還可以對你從輕發落。」

沈傲悠閒自在地笑了笑，不去理他，真正的大人物應當還沒有來。這些人是騎馬來的，只是先鋒罷了。

虞侯見他將自己的話置之不理，冷哼了一聲：「不知死活！」

過了半晌，又有一隊禁軍過來，這些禁軍一個個虎背熊腰，殺機騰騰，拱衛著一只小轎，驅開眾人。那虞侯見正主兒來了，立即弓著腰到轎旁去，也不掀開轎簾，只是附在一旁低聲密語幾句。

轎中之人沒有絲毫動靜，似是陷入思考，許久之後，才從轎中傳出話來：「格殺勿論。」

虞侯臉色一緊，低聲道：「太尉，若是誤傷了衙內怎麼辦？」

轎中之人不徐不疾地道：「魏虞侯，過幾日便要功考了，本官一直想保舉你做散都頭，你好自為之吧。」

魏虞侯忙道：「謝大人提攜。」這一句提攜，卻全不是這麼回事，雖是提攜，可是言外之意卻是：自己若是能保證衙內的安全，格殺了這膽大包天的秀才，提攜便十拿九穩了；可若是事情搞砸，後果便不堪設想。

魏虞侯不由地想：「太尉不願親自處理此事，卻叫我來，這件事只怕有些棘手。」

他可不是蠢人，那個捉了衙內的人，一看便像是有功名的秀才，格殺秀才，可不是一件鬧著玩的事，於是又踱步到沈傲那邊去，對沈傲道：「你可想好了嗎？這人你是放不放？」

沈傲望著魏虞侯身後的那方轎子，笑道：「放人？這可不行，你只是個小角色，就算要放，也要請正主兒來求求我，高太尉也來了嗎？爲何不請他出來？」

魏虞侯輕蔑地冷哼道：「你是什麼東西，太尉又豈是你能見就見的？」

沈傲嘿嘿一笑：「你又是什麼東西，本公子是你能說得上話的？快滾！」說罷，出其不意地狠狠踹了高衙內一腳，高衙內痛呼一聲。

魏虞侯又怒又急，可是人在沈傲手裏，卻又不能動強，便忍不住道：「不知公子是誰？」

沈傲抬著下巴道：「我是邃雅社的鞠客副教頭，姓沈，你叫我沈教頭便是，好了，快走開，叫高太尉來說話。」

高進也大叫：「魏虞侯……快，快叫我爹來救我，這個人好凶惡……」

魏虞侯一時無計可施，又退到軟轎邊，低聲道：「大人……」

轎中人發出一聲冷笑：「不用說了，本官聽到他的話了，此人是蹴鞠社的副教頭？邃雅社，這個邃雅二字倒是熟得很，只是這邃雅社又是什麼名堂？」

魏虞侯明白了，太尉要保全衙內，所以不能動粗，不過辦法不是沒有，這人既是蹴鞠社的教頭，只要自己帶人去打聽出這蹴鞠社來，查明此人的身分，將這人的底細摸清，再去將他的親屬捉來，不怕他不投鼠忌器。

想好辦法後，魏虞侯躬身道：「大人，末將這就去打聽這邃雅蹴鞠社。」

裏頭的人嘆了口氣：「等你打聽來，天都黑了，也罷，去吧。」

魏虞侯飛也似地去了。

數十個禁軍將沈傲圍住，虎視眈眈，半點不敢疏忽。

沈傲心中大樂，有意思，看樣子今日真能把事兒鬧大了，一個高衙內，引來了個高太尉，高太尉又要去調查晉王的蹴鞠隊，哈哈，這個時候，大理寺也應當來了吧，畢竟這也算大案，就發生在大街上，總不能不聞不問。

沈傲好整以暇，安慰不安的唐茉兒道：「沒有事的，你不要怕。」

唐茉兒見沈傲關心自己，連忙點頭道：「沈大哥，我不怕，你不必管我。」

第一〇七章
拿手好戲

「我家少主是讀書人，品性是極好的，調戲良家婦女的事斷然沒有。」

可氣啊，這也叫品性極好？

沈傲無語，不過，這些家人本就是高進的狗腿子，

睜眼說瞎話本就是他們的拿手好戲，是以也沒有感到意外。

天色漸晚，這街坊裏的行人盡皆被驅散開，禁軍們點起了火把，將街道堵住。

那轎中的人似乎也不急於一時，不知在轎中做什麼，竟是一個字眼也沒有透露。沈傲抓著高衙內，哈欠連連。

過不多時，便又有一隊人過來，爲首的乃是大理寺的一個都頭，身後帶著七八個雜役，眼見這個場景，先是一愣，卻也不敢輕舉妄動。

這般的大事，原本早已有人通報了京兆府，京兆府本就是負責彈壓地面的，只是此事涉及到了高太尉，京兆滑頭得很，不願捲入這是非之中，便以案情重大的名義交割給了大理寺，大理寺立即遣人來。

這都頭一到，看到的是一個書生模樣的人拿住了高衙內，至於這個書生，有些眼熟，只是黑夜之中雖有火把，卻還是看不甚清。

「連禁軍都出來了！」都頭有些吃驚，快步走到軟轎旁，低聲道：「下官見過高大人。」

轎中之人冷哼一聲道：「大理寺來得好快。」

都頭抿嘴笑了笑，這個快字得反著理解，好快就是好慢，是指斥自己辦事不力。

都頭呵呵一笑：「令公子被劫持，大理寺也是剛剛聽到消息，請太尉大人稍等，我等這便去拿人。」

轎中的高太尉卻是不動聲色，都頭見他這般樣子，便只好硬著頭皮過去，高呼道：「喂，何方凶徒，竟敢拿住高公子！不想活了嗎？走，隨我到大理寺走一趟。」

去大理寺？好啊！沈傲巴不得去，只不過現在不能放人，他突然感覺自己還真有做劫匪的潛力，笑嘻嘻地道：「好，那麼就勞煩大人領路。」

這都頭聽到沈傲的聲音有些耳熟，可是一時也想不清楚是誰來，便道：「你先將高公子放了。」

沈傲打了個哈哈：「這可不行，若是放了，我怕我的安全不保，要去，就這樣去。」

他擰著高衙內的手，高衙內痛得連呻吟聲都微弱了，對高衙內惡狠狠地道：「走。」

沈傲手中有高衙內，都頭也不敢輕舉妄動，不禁地想，只要他去了大埋寺就好辦了，到時還怕他再不肯放人？不管如何，對高太尉也有了個交代，想著，便引著七八個雜役在前走。沈傲押著高衙內在後，最後則是一隊禁軍拱衛著一頂軟轎尾隨而來。

唐茉兒從來未見過這等事，若不是沈傲一直保持著篤定從容，她早已嚇壞了，此時聽說要去大理寺，心裡便一鬆，想著：衙門總是個講理的地方。

這一路自是引來不少人的圍看，等到了大理寺，已有人先行稟告，推官連夜上衙，

升起堂來。

高太尉的軟轎是先到的，高太尉步下轎子，在兩個禁軍的拱衛下徑直入了衙堂，那推官見了，連忙起身施禮。這高太尉雖年屆四十有餘，身體倒是健朗，顯是經常運動，頷首捋鬚，顯得很是從容。

推官叫人搬了個椅子到案下請高太尉坐下，自己這才坐在案上，頭頂著明鏡高懸，手中驚堂木一拍：「將人犯帶來。」

沈傲押著高衙內進去，身後的唐茉兒亦步亦趨。

因是連夜審案，這衙堂內只點起了幾根蠟燭，隱約之間，推官也覺得沈傲甚是眼熟，卻又一時看不清面容，便冷笑道：「大膽賊人，見了本官爲何不跪？」

沈傲好整以暇地道：「學生是有功名的人，按道理，有見官不拜之權。」

有功名？推官愕然了一下，堂堂一個書生竟還敢挾持人質？真是膽大包天，便冷聲道：「你做出這等事，還想留著功名嗎？你的功名在哪兒？本官這便遣人去革了你的功名。」

按大宋律法，一旦中了試，便算有了功名，要入籍的，這個籍則收藏在籍貫，若只是秀才，則大多是各路、各府的學監衙門負責收藏。若是中了省試，那便是貢生了，則由禮部藏籍。

沈傲呵呵一笑道：「這只怕不太容易，這大晚上的，宮裏已經落了鑰，大人便是要除學生的籍，只怕也要等到明日。」

宮裏？推官一愣，不禁地想，這人莫非是個進士？須知貢生一旦參加了科舉，入圍之後便有了參加殿試的資格，殿試即是天子門生，這籍貫功名便要自禮部調入宮中，以示優渥。

推官覺得這事越來越棘手了，一個進士可不好審；便虎著臉道：「你可知罪嗎？」

沈傲笑道：「不知大人讓學生知什麼罪？莫非是這高衙內調戲了我家娘子，也是我有罪嗎？」

高衙內的爲人，汴京城上下皆知，推官不得不信，只好冷哼一聲，卻是找不到詞了。

高太尉慢吞吞地喝著茶，悠悠然道：「妻子？這倒是奇了，此女並未盤髮，顯然還未做人婦，又如何是你的妻子？」

高俅觀察入微，這一聲提醒，教推官精神抖擻起來，認真一看，跟隨沈傲而來的女子還真沒有盤髮，這盤髮，是身爲人婦的標誌，心中便以爲抓住了沈傲的把柄，冷笑道：「你要如何解釋？」

沈傲只是笑：「她是我未婚的妻子，當然沒有盤髮，不過雖是未婚，可是這位高衙內當街調戲，大人不問高衙內的罪，爲何來問我？」

推官心中叫苦，這一聲質問，教他臉色通紅，頓覺羞愧。

高俅呵呵一笑，朝唐茉兒道：「姑娘，你當真是此人的未婚妻子？」

唐茉兒一時愕然，燈影之下，她的雙眉彎彎，小小的鼻子微微上翹，臉如白玉，顏若朝華，她服飾打扮也不如何華貴，只項頸中掛了一串尋常的珠兒，發出淡淡光暈，映得她更是粉裝玉琢。

她輕輕咬唇，一時腦子嗡嗡作響，在這公堂上若是承認了她與沈傲乃是未婚夫妻，將來……可是若是予以否認，沈傲又該怎麼辦？

她心中七上八下，眼看著推官也加入逼問，心下一橫，臉色波瀾不驚，現出些許端莊之色，道：「是，小女是沈公子的未婚妻子，今日我要回家，高衙內帶著許多幫閒尾隨其後，我心中害怕，恰好遇到我家未婚夫君在街角等我，等我迎過去，後頭的高衙內便衝上來和我夫君起了衝突，我家夫君氣不過，方是有了今日之事，請大人明察秋毫。」

推官一時無語，望向高太尉的眼眸很是苦澀。事情到了這個地步，大理寺若是再參與，倒是頗有些爲虎作倀之嫌了。這明明是高衙內的爛事，教自己來爲他做主，眼前這人犯是有功名之人，若是自己不分青紅皂白，明日御史們少不得參上自己一本。

推官微微一笑，面色和善了許多，對沈傲道：「既是如此，本官便不計較你的罪了，你將高公子放了，這便回去吧。」

沈傲冷笑道：「放人？大人，只怕沒有這麼簡單吧，此人當街調戲良家婦女，光天化日之下將刑律視之無物，學生懇請大人連夜審問這高衙內，將他繩之於法。」

推官又是愣住了，這個書生還真是得理不饒人，心中滿是懊惱，怒道：「本官判案，還要你來干涉嗎？來人，將他趕出去。」

幾個公差已逼上來，正要拉扯沈傲出去，其中一個公差突然不由自主地怔了一下，剛剛他已經看清了沈傲的面容，忍不住道：

「沈……沈公子……原來是你！」只說著不敢再拉扯了，而是悄悄退到一邊去，其餘幾個差役也是如此，紛紛退開，連沈傲的衣袖都不敢動一下。

當時沈傲曾在大理寺審案，大理寺上下人等都是認得沈傲的，雖然已過去數月，隱隱約約地有些記不起，可是經由先前那差役的提醒，此刻都想起來了。

說起來，沈傲與大理寺卿關係不錯，況且當時沈傲審完了案，還發了不少賞錢下來，這些差役哪裏還肯拿他。

推官看著那些差役的舉動，驚得眼睛都直了，怒道：「你們在做什麼？還不趕快將他驅出去！」

一個差役走上去，低聲在判官耳畔密語幾句，判官大驚失色，忍不住道：

「當真是他？」

差役點頭道：「大人不信，可親自去細辨。」

推官一時無詞了，「這……這……這該怎麼善後？」

高俅見狀，冷笑一聲，卻只是抿抿嘴不說話。

沈傲朗聲道：「大人，高衙內魚肉鄉里，天子腳下，他仗著高太尉的聲勢目無法紀，若是大人不管，學生無奈，只好明日清早前去告御狀了。」

高進自進了這公堂，總算是鬆了口氣，自己雖然還在沈傲手裏，可是自信沈傲不會再打他，膽氣一壯，冷聲道：

「告御狀？我爹是官家面前的大紅人，你向誰告狀也沒有用，你這廝竟敢打我，哈哈……本公子若是不將你弄死，就不姓高。」

沈傲抓住他的衣襟，當著眾人的面左右開弓，啪啪又打了他幾巴掌。高進痛叫數聲，想不到在這公堂之上，這傢伙還敢打人，他竟是比本公子還囂張啊。

高進已是泣不成聲，看著堂內的高俅，高聲哭道：

「爹啊，快看看，快看看，他當著你的面前敢打你兒子，這是做給你看的，是瞧不起你啊，爹，快救我！」

高俅聽到高進的呼喚，只是微微皺了皺眉頭，一雙眼睛帶著銳利的目光看向推官。

推官此時正是猶豫不決，深望一眼堂下的沈傲，不由地想，他真的就是沈傲？現在這件案子該如何判決？

頭痛啊！高太尉不好惹，這位沈大公子又豈是好惹的？

沈傲是周府的親眷，與衛郡公走得很近，最近又連中四元，明日清早就要面聖；不說其他的，就說自己的頂頭上司大理寺卿姜敏姜大人，和這位沈公子也是一向交好的。

可憐這位推官左思右想，一時尋不到主意，最後無奈之下咬了咬牙，既然兩邊都不好得罪，本大人乾脆秉公審理罷了，至少贏個剛正不阿的美名，就算得罪了誰，只要自己心中無愧，誰又能拿我如何？

這樣一想，推官感覺精神一振，虎著臉猛拍驚堂木道：「大膽監生沈傲，公堂之上，也是容你行凶的地方？來人，分開高進和沈傲！」

這一句話猶如晴天霹靂，推官正氣凜然，差役們不敢違逆，忙將高進與沈傲分開，沈傲見這判官一身凜然正氣，也不好再對高進動手動腳了。

那高俅見推官如此，心裡略略一喜，以爲推官是要偏幫高進，捋鬚頷首，目露欣賞之色，只是聽到監生沈傲四個字，又不由暗暗吃驚。

沈傲？他便是沈傲？

高俅作爲武官，是無權加入朝議的，因而這個沈傲名聲雖大，數次入宮，他也未曾與沈傲照面，只是時不時地從官家、朝臣那裏聽到許多關於沈傲的事跡，此時才知道原來自己的兒子得罪的竟是沈傲，不禁一時心亂如麻起來。

堂堂太尉，自是不必怕這書生，可是沈傲背後之人，令高俅不得不忌憚幾分。官家幾次召他入宮去蹴鞠，都曾言及此人。還有祈國公、衛郡公、楊戩楊公公，這三個，哪一個都不是輕易能惹的，就是少宰王黼都吃了他的虧，這個人，不可小覷啊！

這時，推官大喝道：「沈傲，你說被告高進侮辱了你的妻子，可有旁證？」

沈傲見推官突然審理自己告高進的案子，便知這推官是要秉公辦理了，連忙正色道：「我的未婚妻子可以證明。」

高進大叫道：「她是你的未婚妻子，自是偏幫你的，誰知道她說的是真話假話，你有人證，我也有人證，我帶了七八個家人出去，明明是在街上閒逛，不料被你無緣無故打了一頓，大人不信，可以叫我的家人進來佐證。」

推官讓人將高進的七八個家人叫來，這七八人在大街上一副街痞的樣子，此時進了公堂，都露出一副恭順之狀，納頭便拜，紛紛信誓旦旦地道：

「我家少主是讀書人，品性是極好的，調戲良家婦女的事斷然沒有。」

可氣啊，這也叫品性極好？沈傲無語，不過，這些家人本就是高進的狗腿子，睜眼說瞎話本就是他們的拿手好戲，是以也沒有感到意外。

推官道：「沈傲，你有旁證，高進也有旁證，你要告他調戲你的未婚妻子，可還有什麼證物嗎？」

這一問，高進被幾個差役保護著，瞬時得意洋洋起來，道：「是啊，你可有旁證嗎？本公子乃是讀書人，調戲你的未婚妻子？哈哈，你便是將她送至我的榻前，本公子也絕不看一眼，如此殘花敗柳，本公子哪裏看得上，哈哈……」

沈傲眼眸中飛快地掠過一絲狠色，淡淡然地道：「是嗎？大人，我可以不可以和他的家人說幾句話？」

推官猶豫片刻，頷首點頭：「你說。」

沈傲走至一個家人面前，冷冷地盯著眼前之人，那人看著沈傲的眼眸，不由地嚇得倒退了一步，連忙道：「你無需問我，我家衙內沒有調戲你的妻子，這是我親眼所見的。」

沈傲呵呵一笑，只是那笑不及眼底，道：「我又不問這件事，我只問你，你說高衙內喜歡讀書，那麼高衙內平時都讀些什麼書？」

家人連忙道：「我目不識丁，衙內在讀書，我就是湊過去，也不會知道他在讀什麼。」

沈傲繼續道：「那平時，衙內都喜歡做些什麼？」

家人見他隨口問來，心裡鬆了口氣，道：

「我家衙內平時都喜歡養些花鳥，偶爾上街走走，若是看到乞丐、流民，還會拿出點兒錢來打發，見了大姑娘，莫說是去調戲，就是一不小心挨著，臉蛋兒都會紅呢，男女授受不親，我們高家的規矩很嚴的。」

「噢……」沈傲面無表情地點點頭，一副深信不疑的樣子，而後慢慢靠近高進，高進嚇了一跳，連忙向後縮了兩步道：「你要做什麼？別過來！」

沈傲哈哈一笑，向高進問道：「方才那人說得對不對？」

高進梗著脖子道：「說得一點也沒有錯，本公子潔身自愛，在汴京城裏是出了名的柳下惠，怎麼？你還有什麼說辭，若是不能證明我調戲你家娘子，我要回家睡覺了。」

「且慢！」沈傲呵呵一笑，手裏突然一揚，卻是出現了一個百寶袋子。高進愣住了，道：「你拿我袋子做什麼？」

沈傲冷笑道：「高衙內如何證明這是你的袋子？」

高進急切地道：「快還來，這袋子分明便是我的，袋子底下有我家的標記。」

「哦？」沈傲往袋子底下望去，果然看到一個高字，嘿嘿一笑：「高衙內確認這是你的袋子嗎？」

高進冷笑道：「你這賊廝，敢偷我袋子，快還我。」

沈傲將袋子往高進手上送去，高進伸手要接，到了半空，沈傲的手突然一鬆，袋子落地，許多雜碎的小玩意兒灑落下來。

「這是什麼，大家快來看看，清純無比的高衙內，原來看的就是這種書？」

沈傲從地上抓起一本書，向眾人揚了揚，又呈交到推官案前，向推官道：

「大人，這些高府的家人做證說他們的公子是個淡泊之人，可是這書又該如何解釋？」

推官瞥眼一看，臉便紅了，此書的書名兒叫《飛燕外傳》，這飛燕，但凡懂些典故的人便知道這本書的來路，推官草草翻閱了幾下，只看開頭，便知道這書敘說的是趙飛燕、趙合德姊妹與漢成帝之間的恩怨糾葛。篇幅不長，內容卻很精彩，比如漢成帝因服用過多的春藥而暴亡，又如將氣功用於房中術、通過觀看裸浴等手段刺激性欲，使之興奮等等，這本書若說它不是淫書，那真是沒有天理了。

「哈哈……原來柳下惠還看淫書的，失敬，失敬。」沈傲返身過去，正看到高進偷偷地要將一條花色褻褲往懷裏藏，連忙大喝：「且慢。」說著，飛快地衝過去揪出那褻褲。

這褻褲花色極好，面料也不錯，有一股淡香味，顯然是女人穿戴的，沈傲覺得有點兒噁心，小心捏著褻褲的一角，捏著鼻子道：

「我問你，方才你的家人說什麼高家的家風好，男女授受不親，這褻褲，又是從哪裏來的，莫非這是你娘的？」

高進愣了一下，又羞又怒地道：「這和你有什麼干係？」

沈傲將褻褲拋開，冷笑道：「眾人來做個見證，諸位可見過哪個讀書人袋裏會時刻藏著女子褻褲和淫書的嗎？」他轉而向推官道：「大人也是讀書人出身，我要問大人一句，這高進到底是不是讀書人？」

推官立即正色，這一句若是回答不好，只怕要惹來天大的麻煩。須知這「讀書人」三字在大宋朝早已神聖化，誰要敢惡意侮辱，別人要做起文章來還不容易，到時必然遭人群起攻之。讀書人藏了褻衣、淫書，誰敢承認他是讀書人？連忙道：

「聖賢之書沒有教過人看淫書，更沒教過人藏褻褲。」

沈傲呵呵一笑：「這麼說，高進根本就不是讀書人了，是嗎？」

推官哪裏敢承認高進是讀書人，若是承認，非但是侮辱了自己，更是侮辱了天下無數士子，到時候自己要遭士林鄙夷的，頷首點頭道：

「高進絕不是讀書人。」

高進此時見許多差役紛紛不屑地看著自己，惱怒道：「就算我不是讀書人又如何？

你又沒有尋到我調戲你未婚妻的證物。」

沈傲哈哈一笑，道：「對，雖然沒有找到你調戲本公子的未婚妻的證物，不過高衙內切莫忘了，方才你那些家人信誓旦旦地說你是個讀書人，可是這個證詞被推翻，那麼可以證明一點，你的家人在爲你做僞證！」

沈傲冷笑著盯住高衙內繼續道：「既然他們是僞證，那麼他們說的話已沒有了效用，所以本案只有一個證人，就是我那未婚的娘子。高衙內，你還敢不認嗎？」

高進愕然，腦子有點轉不過彎來：「那又如何？」

沈傲冷笑一聲，向推官行禮道：「大人，學生該說的已經說了，大人以爲如何？」

推官明白了，沈傲方才這樣做，並不是要尋找高進調戲良家婦女的證據，而是要推翻掉高進家人的證詞，如此一來，當時在場的人之中，只有沈傲的未婚妻子的證據變得最爲有力，而沈傲的未婚妻子的證詞又一口咬定了高進尾隨在她身後，意圖不軌，那麼高進的罪狀算是坐實了。

這百寶袋是高進親口承認的，沈傲拿出了淫書和褻褲，正好推翻了方才那六七個家人的供詞。

事到如今，案情已經明朗。推官面容一肅，厲聲道：

「高進，你可知罪？」

高進看了高俅一眼，見高俅無動於衷，心中有些發急了，梗著脖子道：

「我何罪之有，明明是這個沈傲毆打了我，我，我……」

他的腦子有些發懵，接下來不知道再該說些什麼了，平時都是他欺負人，不曾想他在今日反倒要被人欺了，挨了沈傲一頓打不說，現在連這推官也要治他的罪。

推官冷哼一聲，瞥了高俅一眼，慢悠悠地道：「光天化日之下調戲良家婦女，本官豈能容你?來人！」

「在！」七八個差役挺身出來，執著水火棍，聲若洪鐘地大喝。

高進驚得一下子癱在地上，眼眸兒又是看向高俅，叫著：「爹……救我……」

推官猛拍驚堂木道：「將案犯高進押下去，重打三十大板，以示懲戒。若有再犯，絕不饒恕。」

八個差役應下，七手八腳地將高進提起。

高俅的臉上突然露出一絲讓人難以捉摸的淺笑，好整以暇地道：「大人，犬子無狀，得罪了沈公子，本大人一定嚴加懲戒。至於這板子，還是算了吧。」

他的聲音雖然溫和，可是話語中卻有著一種居高臨下的氣勢。

推官頓覺爲難，猶豫不決地看了沈傲一眼，見沈傲故意將臉別到一邊去，咬緊牙道：「今日若是不懲戒令公子，將來還不知會鬧出什麼事來。大人，下官今日打了他，來日再向大人負荊請罪！」接著，痛下決心，眉毛一豎，對下面的差役命令道：「拉下去，打！」

「且慢！」高俅冷哼一聲，方才他只是先禮後兵，那一句話本是向沈傲和推官示弱，現在這沈傲和推官竟不給這個面子，他也不是好惹的，冷聲道：「逆子，過來！」他朝高進招了招手。

高進掙扎開差役，如喪家之犬般嚎哭著跪到高俅腳下，道：「爹爹救我。」

高俅皺著眉頭道：「哭什麼，有我在，誰也動不了你分毫！來，將這個戴上。」他不知從哪裏掏出一塊佩玉，叫高進站起來，將玉佩紮在高進的腰上，故意放大聲音道：「這佩玉乃是官家親賜，你戴好了，誰若是敢打你，你將他記下來，明日親自進宮去告御狀。」

接著，高俅一副悠悠然的樣子，慢吞吞地喝了口茶，陰陽怪氣地道：「不要怕，怕什麼，這汴京城裏，斷沒有人敢動你一根毫毛，過幾日我還要教你練蹴鞠，去參加蹴鞠大賽，你爭口氣，在官家面前露露臉。」

高進戴上了玉佩，頓時又眉飛色舞起來，哈哈笑道：「爹，這真是官家的玉佩嗎？好極了，看哪個不長眼的東西敢打我，誰敢打我，便是欺君！哈哈……」

他大笑起來，挑釁似地走到沈傲的不遠處：「沈傲，你方才不是打我嗎？來，再打我一次啊，來啊……」雖是如此，卻也不敢太靠近沈傲，只是叉著腰，一副不可一世的模樣。

沈傲的唇邊帶出微笑，緩緩地走向高進。

第一〇八章
借題發揮

原本晉王愛蹴鞠，高俅乃是蹴鞠高手，二人之間的關係應當是極緊密的，不過晉王對高俅卻不以為然，他幾次蹴鞠大賽都輸在高俅的蹴鞠社手裏，因而懷恨在心，今日有了個因頭，正好以沈傲此事來借題發揮。

高進有些害怕，小退兩步，突然又想起皇帝所賜的玉佩，才又放下心，玉佩自己還戴著呢，帶了它，誰敢打自己？不怕……不怕的……

他心裡這樣想著，卻慢了一步，發現沈傲蒲扇般的巴掌突然搧了過來，啪地一聲，不偏不倚地落在他的臉上。

「哎喲……」高進痛得在地上打了個旋，捂著腮幫子大叫：「爹，他又打我，沒有王法了，我戴了官家的玉佩，他也敢打，爹，快進宮去，我們去告御狀。」

當著自己的眼皮子底下打人，高俅已是大怒，怒道：「好大的膽子，沈傲，你恃寵而驕，竟敢無君無父，好！好，來人，將他先押起來，明日我進宮去稟明聖上。」

沈傲從容不迫地道：「高大人，什麼恃寵而驕，無君無父？你可莫要冤枉了好人。」

高俅冷聲道：「官家親賜的玉佩正戴在我兒身上，你動手打他，就是無君無父！」

沈傲愕然道：「是嗎？那好，我們就一道兒到宮裏去辯解個清楚吧！學生明明是看了官家的玉佩，心中生出無數仰慕之心，便感覺如官家親臨，無形之間，學生似是還看到官家虎驅連震的龍體呢！」

「如天子親臨？」高俅笑得更冷：「你既知是如天子親臨還敢動手？你這不是無君無父是什麼？」

沈傲呵呵一笑：「是啊，就是如官家親臨，所以嘛，方才令公子的話在學生看來，就如聖旨一般，方才大家都聽到了，高公子是這樣說的，」沈傲裝作高進的神態，叉著手道：「沈傲，你方才不是打我嗎？來，再打我一次，來……」

沈傲學起高衙內的神態來，當真是惟肖惟妙，惹得堂中諸人俱都哄笑起來，就連那板著臉的推官也忍不住莞爾。

沈傲咄咄逼人道：「高大人，既是如官家親臨，官家的話，學生敢不聽嗎？官家要學生打令公子，你又如何怪得了我來？學生真是冤枉啊。這冤有頭債有主，大人就算要怪，也該怪宮裏的那位去。」

高俅聽完沈傲的這番歪理，氣得七竅生煙，可是沈傲的解釋卻又合情合理，高俅帶著滿肚子的怒火，惡狠狠地看著沈傲道：

「沈傲，算你今日油嘴滑舌，哼，走……」

一旁的高進捂著臉不識趣地湊過來，低聲道：

「爹……，我們真的就這麼算了？」

被高進這麼一說，高俅頓時覺得拉不下面子，須知他今日親自帶著步軍司的禁軍來，若是這些人回到營中去傳揚，自己這個太尉還如何服眾？冷笑一聲道：

「算了？想得倒是容易！姓沈的，你若是再有膽，還敢打高進嗎？」

高進嚇得面如土色，忙躲到高俅背後去。他算是明白了，這個沈傲，還真沒有不敢做的事，爹爹這樣說，八成這沈傲又要一巴掌過來。今日他挨的打比一輩子的都要多，此時兩邊的臉頰已是高高腫起，口裏滿是血，連牙齒都掉了兩顆，再不能容人打了。

沈傲微微一笑：「學生只聽官家的話，高大人叫我打，我卻偏偏不打。」

高俅冷笑一聲，以為沈傲怕了，道：「哼，諒你也沒有這個膽子！姓沈的，你記住今日，今日的恩情，本官早晚向你討要。」

他本要放幾句狠話帶著兒子扭頭便走，卻聽到外頭傳出一個慵懶的聲音道：「沈傲不敢打，我卻敢打，來來來，讓本王來！」

「是誰？有本事的就站出來。」接二連三地被人挑釁，高俅就是涵養再好，也擺不出那不急不徐的氣度了，高聲大喝一聲，怒氣沖天地朝門外看去。

黑暗中有人踱步進來，來人竟是晉王趙宗。

趙宗穿著紫色蟒袍，繫著玉帶，腰間纏繞著玉魚袋，長靴踏入門檻，風采照人。

「啊，是晉王！」高俅的氣焰一下子弱了下來，甚至給嚇得面如土色，連忙躬身行禮道：「下官見過王爺。」

趙宗一到，衙內頓時轟動，眾差役紛紛拜倒，就是那推官也在案後坐不下去了，三步兩步地離案，朝趙宗行禮道：「下官見過王爺。」

這趙宗此趟所來，還要拜魏虞侯所賜。魏虞侯聽說沈傲乃是邃雅蹴鞠社的副教頭，因此特意去打聽這邃雅蹴鞠社，這一打聽，才知道原來邃雅社是晉王所創。他心中原本是想，晉王雖然位高權重，可畢竟姓沈的只是個副教頭，若是自己上門去，打著高太尉的旗號去拜謁，將此事秉知，晉王看在高太尉的面子上，又哪裏會可惜一個家奴，到時候只需晉王打發一個奴才去訓斥，沈傲自然便將高衙內放了。

誰知他剛剛去通報，好不容易見了晉王，那晉王聽到沈傲兩個字，竟是毫無顧忌地大罵：「高太尉是哪個鳥，蹴鞠踢得好就敢欺到本王的頭上來，來人，將這賊廝趕出去，備好車馬，本王要出府一趟。」

魏虞侯嚇得大氣都不敢出，被人趕了出來，過不多久，晉王的車馬也出來了，徑直往事發地點而去，隨後才輾轉到了這大理寺。

趙宗慨然入堂，恰好聽到了高俅那句話。原本晉王愛蹴鞠，高俅乃是蹴鞠高手，二人之間的關係應當是極緊密的，不過晉王對高俅卻不以爲然，他本就是小心眼的性子，從前他組建的蹴鞠社，幾次蹴鞠大賽都輸在高俅的蹴鞠社手裏，因而懷恨在心，今日有了個因頭，正好以沈傲此事來借題發揮。

趙宗冷哼一聲，直直地盯著高進，朝高進勾勾手道：「你過來！」

高進看著趙宗，嚇得快要魂不附體，連聲音都顯得有些顫抖起來：「我……我

不……不過來。」

高俅反倒是急了，怒斥道：「逆子，王爺叫你過去，你就過去，囉嗦什麼？」

高進在高俅的厲色之下，只好小心翼翼地過去，到了趙宗身旁剛剛站定，趙宗便是兩個巴掌掄過來。

這一次高進學聰明了，挨打也挨出了經驗，一見趙宗神色有異，便立即縮頭連退兩步，讓趙宗撲了個空。

趙宗頓時惱羞成怒，不由地想，沈傲一打一個準，本王竟還一個打不到？往後本王有什麼臉見人？怒道：「好大膽，本王打你，你也敢躲！」

這一聲厲喝，嚇得高進雙腿顫抖不已，高俅見趙宗難看的臉色，哪裏還再敢護著高進，斥道：「逆子，你躲個什麼？」

高進又小心翼翼地站到趙宗面前，趙宗這一次下手更重，啪地一聲，一下子打得高進仆然倒地，接著聽到高進的哀叫：「爹……孩兒疼……牙齒都沒了……」

「哈哈……」趙宗總算感覺心情舒暢了一些，不再理會他們，對沈傲大笑：「沈傲好清閒自在啊！沒事兒還來大理寺做客。走吧，本王的車馬正在外頭等著了。」

沈傲呵呵笑道：「王爺，這車我就不坐了。」轉而朝唐茉兒努了努嘴：「學生要將茉兒姑娘送回家去。」

趙宗看了唐茉兒一眼，立即兩眼放光，連連點頭：「不錯，不錯，憐香惜玉好，這才是男人。」

須知他本就是個怕老婆的性子，見沈傲悉心呵護的樣子，很對他的脾氣，大笑一聲道：「我給你加派兩個侍衛，你送人回去吧，明日就要入宮謝恩，本王就先不打擾你了。」

趙宗來得快，去得也快，留下兩個王府的侍從，闊步而去。

審案審到這個份上，也算是蔚爲壯觀，推官只好宣布退堂，高衙內飽受了幾頓打，該懲戒的也懲戒了，他身上繫著玉佩，除了沈傲這膽大包天的傢伙還有那晉王，誰也不敢再動他分毫。至於高太尉，滿心想的是方才晉王的態度，哪裏還顧得了其他，灰頭土臉地領著高進走了。

沈傲牽著唐茉兒，笑嘻嘻地和推官告辭。

推官苦笑，指著沈傲道：「沈公子，你可害苦我了。」

沈傲道：「大人不必怕，王爺既然涉入，那高俅也不敢對你如何，他自身都難保呢！只怕現在滿心都在想如何去向晉王請罪。學生告辭了，大人也早些休息。」

領著唐茉兒出了大理寺，外頭天色如墨，竟是已到了子夜，月朗星稀，與唐茉兒並肩而走，後頭是兩個王府侍衛，唐茉兒一直低著頭，心不在焉地走著，卻是不敢說話，似乎在想著心事。

沈傲見她這般模樣，便也不再說什麼，足足走了半個時辰，才看到唐家的院子，院子裏燈火通明，隱隱還有聲音傳出，似是在爭吵。沈傲苦笑，從下午吵到傍晚，這對唐家夫婦倒還真有精神。

隨即又想：不對，他們的女兒這麼晚還未回來，身爲父母的，哪一個不擔心的？估計這二人是一夜沒有睡，四處尋唐茉兒了，人沒有尋到，又回到家中，二人相互埋怨，才導致如此的吧！

沈傲脖子一涼，心中又想：今夜的事又該怎麼解釋？啊呀，我說唐茉兒是我的未婚妻，唐大人一定要氣瘋了。瞥了唐茉兒一眼，見她俏臉上卻是說不出的鎮定，心中又忍不住罵自己，人家女子都不怕，我又怕個什麼，男子漢大丈夫，有什麼不可以面對的。

護送唐茉兒到了唐家門外，唐茉兒在籬笆門前停下，臉色帶著些許羞澀，低聲道：「沈公子要進去坐坐嗎？」

夜深人靜，本是不便打擾的，沈傲想起還要對唐嚴解釋，單憑唐茉兒一個女兒家只怕一時也解釋不清，說不定還會受到父親責怪，便道：「好吧，我也進去。」

「嚇，你怎麼才回來？你這丫頭……」唐夫人最先見到唐茉兒，她的臉上顯得有些風塵僕僕，顯是剛從外頭回來，估計就是去尋唐茉兒的。

唐夫人原本想指斥幾句，但看到唐茉兒平安歸來，之前擔憂的心一下子放了下來，眼淚便啪嗒啪嗒落下來，一把將唐茉兒摟緊，道：「擔心死我了，茉兒，你有沒有事？」

唐茉兒連忙搖頭。

唐嚴在裏屋氣呼呼地道：「哼！還知道回來，你都這般大了，怎麼還不懂事，你是女孩兒家，深夜不歸，成何體統？」

唐夫人埋怨道：「你少說兩句。」

唐嚴在裏屋不說話了，虎著個臉，慢吞吞地走出來，抬眸看到了沈傲，便道：「沈傲怎麼也來了？」

唐夫人這才注意到唐茉兒身後的沈傲，忙道：「是沈傲將茉兒送回來的？快坐。」

沈傲連忙道：「不用了，今天我和茉兒姑娘遇到了一件事，是以一直耽誤到了半夜。」

今天的事，沈傲不敢隱瞞，也隱瞞不住多久，因而坦蕩蕩地將今日遇到高衙內，又如何與高衙內起了衝突，自己先下手爲強，惹得高俅帶禁軍而來，最後又如何去大理寺的事一一說了，一點都不敢遺漏。

唐嚴和唐夫人皆是倒吸了口涼氣，想不到茉兒竟是遇到如此曲折的事。

唐嚴吹著鬍子道：「哼，高衙內好大的膽子，茉兒若是出了事，老夫……老夫非和他拼了不可。」接著又感激地對沈傲道：「這一次多虧了你，否則我真是要死不瞑目了。」

他正說著，卻發現唐夫人擰了擰他的手臂，唐嚴臉上的抓傷還在，氣不打一處來道：「擰什麼擰？就是你的錯，你若是不慫恿茉兒往外跑，會有這等事嗎？」

唐夫人此刻不和他爭了，朝他眨眼睛。

唐嚴頓了一下，終於明白了，夫人是有悄悄話要和他說，看這模樣，好像還是挺要緊的事，便和唐夫人走到屋角去，低聲道：「什麼事？」

唐夫人瞪了他一眼，道：「什麼事，女兒的終身大事！你方才沒有聽沈傲說嗎？沈傲在大理寺衙門，說茉兒是他的未婚妻子。」

唐嚴愣住了，忍不住道：「未婚妻子？他還沒求親啊。」

唐夫人怒道：「當時是事急從權，可是這件事說了出來，這麼多人親耳聽了，傳揚出去，茉兒往後該如何做人？」

唐夫人這樣一說，唐嚴明白了，臉色瞬時蒼白，道：「這……這可如何是好？」

女兒家最緊要的是名節，唐嚴豈會不知，雖說沈傲是事急從權，可是這件事傳出去，自己這女兒將來還怎麼嫁得出去？而且是茉兒親口承認她是沈傲的未婚妻的，這可棘手了。

唐夫人冷聲道：「如何是好！眼下當務之急，當然是和沈傲說個明白，叫他立即上門來提親！」

「對，對……」唐嚴醒悟過來，亡羊補牢，爲時不晚，現在趁著消息未傳開，得趕快將此事辦成，否則流言蜚語傳出去可就晚了，點著頭向唐夫人道：「夫人，你去和他說。」

「我說？」唐夫人雙手叉腰：「你是他的師長，自該你去說，老不死的東西，你是當真不想當這個家了啊？」

唐嚴立即繳械投降，無可奈何地道：「好，好，我說總成了吧。」

二人商量已定，唐夫人走過去，笑吟吟地對沈傲道：

「沈傲啊，還站在門口做什麼，快坐下，打了一夜的官司，想必還沒有用飯吧？」

經唐夫人提醒，沈傲還真覺得餓了，笑道：「是啊，有點兒餓了。」

唐夫人道：「我去熱些飯來，你好好在這兒歇著，茉兒，你來，給娘搭把手。」說著，便牽著唐茉兒去廚房。

唐嚴猛烈咳嗽幾聲，朝沈傲招招手道：「沈傲，你坐下，我有話和你說。」

沈傲欠身坐下，心裡有些彆扭，唐家夫婦的反應有點兒反常，平時他們都是鬧哄哄的，今日倒像是結成了統一戰線似的，很有默契的感覺。

唐嚴想要開口，可是話頭到了嘴邊，一時又不好說出來，他平時訓斥起人來、講些大道理口若懸河，偏偏遇到這等事，不知如何開頭；呆坐了片刻，才道：「沈傲，你是我的學生，有些話，爲人師者是不該講的。」

沈傲連忙道：「大人儘管說就是，不必有什麼忌諱的。」

唐嚴頷首點了點頭，像是下了決心似的，道：

「我要說的，是茉兒的終身大事，沈傲啊，我只有這麼一個女兒，辛辛苦苦將她養大，並不指望她有什麼回報，只望她能嫁個好人家，堂堂正正、清清白白地做人。可是這一次你也知道，你和她在大理寺衙堂相互佐證，說茉兒是你的未婚妻子，我問你，這件事該如何干休？」

沈傲見唐嚴神色凝重，一雙眸子死死盯著自己，心裡明白了，他突然意識到這件事的嚴重性，茉兒是個未出閣的姑娘，當著眾人的面承認了這件事，對她的名節很有影響的。

對唐茉兒，他說不上不喜歡，甚至還有點兒心動，只是事情來得有點快，叫他一時沒有準備。

想了想，沈傲肅然道：「大人說得對，大人的意思，學生也已經明白了，不過……」

沈傲這「不過」二字出口，唐嚴眼皮一跳，怒氣沖沖地打斷道：「不過什麼，不過你不想娶她？我家茉兒品行相貌哪一點配不上你？」

沈傲苦笑道：「大人，學生不是這個意思，學生又沒有說不願娶茉兒姑娘為妻子。」

唐嚴的臉色緩和了一些，道：「既是如此，這事兒就這麼定了，你及早下聘，聘禮也不必貴重，就按著尋常人家來辦，下了聘，我們再商量個黃道吉日完婚。」

沈傲有些爲難，道：「大人，學生有一件事要說。」

唐嚴又激動了，事關女兒的幸福，他的情緒波動很大，氣沖沖地道：「還有什麼事？」

沈傲覺得很難啓齒，呆坐了一會兒，才猶豫道：「學生已經有心儀的對象了，所以……所以就算要下聘……學生的意思是，既是下聘，就要分頭下聘。」

分頭下聘？唐嚴倒抽了口涼氣：「你這意思是教茉兒做你的小妾了？哼，我唐家詩書傳家，是斷不做妾的！」

沈傲又是苦笑，道：「自然是做妻子，大家都是平妻，絕不會有三六九等的。」

三六九？唐嚴很激動，這話是什麼意思，莫非沈傲口中心儀的對象不止一個？他吹著鬍子道：「你……你……你好糊塗啊，你一個讀書人，去拈花惹草做什麼。」

沈傲眼觀鼻，鼻觀心，呆呆坐著，不敢再搭腔了，這件事很棘手，唐嚴這人自尊心很強的，叫自己女兒和別人同時嫁同一個人，他很難接受。

唐嚴又是搖頭，又是踟躕，臉上陰晴不定，正在艱難抉擇。

半晌，他才嘆了口氣：「這件事容我再思量、思量，哎，此事也怪不得你，你也是爲形勢逼迫，不得已而爲之，眼下茉兒的名節固然要緊，也不是隨便嫁出去的。」

這時唐夫人進來，道：「嫁，當然要嫁，不嫁給沈傲，還能嫁給誰？你這老糊塗，到了這個時候還思量什麼，過幾日，這事兒就要傳遍汴京城了！」

原來唐夫人和唐茉兒都在外頭偷聽，這唐夫人先是聽沈傲答允，瞬時大喜，偷偷去看唐茉兒，見她俏臉通紅，羞得旋身要走，一把便將唐茉兒拉住，教她再聽一聽，可是後來沈傲說要同時下聘，唐夫人心裡就滿不是滋味了，原來這個沈傲的花花腸子還真是不少，不由地板起了臉來。

唐茉兒見母親如此，心裡也是酸酸的，又怕母親不高興，便低聲在母親耳裏道：「沈傲要娶的那個姑娘我認識，這春兒很可憐的，好在沈傲收容了她，他們之間早就私定了終身。這春兒人也很好，很善良。」

這些話，算是唐茉兒的表態了，唐夫人也是女兒家過來的，心裡明白唐茉兒的意思，這是女兒不計較此事。心中便想，若是真如茉兒所說，那春兒只要不爭風吃醋，倒也沒有什麼干係，畢竟唐嚴是沈傲的師長，沈傲總不好厚此薄彼。更何況，事情到了這個份上，時間越拖對茉兒越是不利，這裏頭的利害關係，唐夫人心知肚明。所以那唐嚴要擺出一副矜持來說考慮考慮，唐夫人便坐不住了，砰地打開門來。

唐嚴方才那副樣子，本是要表現出幾分矜持，莫要讓沈傲看輕了自己的女兒，因此才猶猶豫豫，作出一副要沈傲求他嫁女的姿態。可是唐夫人突然衝進來，嘰哩呱啦一大通話，令唐嚴頓時哭笑不得。

唐嚴氣呼呼地拂袖要走，道：「這是你的主意，你既已經打定了，還教我來說什麼？我走，這事兒我不管了。」

唐夫人按住他道：「走？這是你的女兒，要走也要先說清楚再走。」

二人絮絮叨叨地爭吵了一陣，唐嚴哪裏是夫人的對手，很快落於下風，又羞又怒，卻又無可奈何，只好凜然呆坐，不再開口。

唐夫人笑呵呵地對沈傲道：「沈傲，你和師娘說實話，你到底有幾個紅顏知己？」

沈傲也不隱瞞，帶笑道：「暫時只有兩個。」

唐夫人伸出兩根指頭：「兩個？」

她呆了呆，道：「加上我們家茉兒便是三個，你太貪心了一些吧，男人三妻四妾倒也沒什麼，但也沒有你這般模樣的。」

埋怨了幾句，卻又想，事已至此，還有什麼說的；再者說了，沈傲確實算是個難得的佳婿，既有學問，家境也不差，功名也已經有了，年輕輕的長得也討人喜歡，除了這拈花惹草的性子令人稍有不滿之外，其餘的都沒得說的。

唐嚴在旁扯著鬍鬚道：「我們唐家書香門第，這件事……」

「沒你說話的地方，閉嘴！」唐夫人惱怒地打斷他。

唐嚴無語，只好又氣呼呼地繼續呆坐。

唐夫人朝唐茉兒努努嘴，要問唐茉兒的意思。

唐等兒臉兒騰地紅了，沈傲的風流債她是知道的，春兒早就告訴她了，什麼周小姐，什麼蓁蓁，恐怕還不止三個呢。她心裡想，春兒倒還可以接受，春兒性子溫和，很好相處的，至於什麼蓁蓁和周小姐，一個見多識廣，一個是大戶小姐，只怕性子上很難相處，心裡擔心了一陣，臉兒便飛紅了，心裡又想：我想這些做什麼？真是羞死了，再者說，父母在和沈公子談提親的事，自己冒冒然地在邊上聽，終是不妥，於是紅著臉道：「我……我乏了，我先去歇了。」

唐夫人倒是夠開誠布公的，一把挽住唐茉兒：「茉兒，今日在這裏關上門，我們都是一家人，沈傲是你爹的學生，也算半個兒子，既然要說，就要說妥了，沒什麼忌諱的。」

唐嚴這一次倒是贊同夫人的看法，頷首點頭道：「沈傲不是外人，說清楚的好。」

沈傲訕訕地笑道：「對，說清楚！其實茉兒小姐，學生是很仰慕的，不過學生這個人……哈哈哈……唐大人、師娘，將心比心地想一想，若你們是學生，從前已有了紅顏知己，莫非因爲要娶茉兒，就該將她們遺棄嗎？」

唐茉兒盈盈坐下，卻是抿嘴不語。

唐夫人道：「你的風流韻事我可管不著，還要問茉兒的意思，茉兒若是點頭，過幾日你就帶聘禮來，先下了訂，婚事還可以再晚一些。」

沈傲頷首：「對，對，學生就是這個意思。」

三人的目光都落在唐茉兒身上等她表態，雖說古時講的是父母之命，媒妁之言，可唐家只此這麼一個女兒，她不點頭，誰也拿她沒有辦法。

唐茉兒的心七上八下，想要點頭，又覺得很不好意思，尤其是當著沈傲的面；可是若搖頭，又不是她的本心，她自知年紀已是不小，這幾年來提親的人踏破了門檻，可就沒有一個讓她滿意的，如今好不容易尋了個能讓她心動，能與她有共同話題，學問比她好的，錯過了，只怕一輩子再難遇上了。

唐茉兒低著頭，就這樣堅持了半晌，唐嚴在旁催促，沈傲默坐不動，唐夫人倒是知曉女兒心意，知道她太過羞澀，便罵唐嚴道：「你催促什麼，這又不是趕集做買賣。」

唐嚴聽了，不由地苦笑，只好閉嘴了。

第一〇九章
乘龍快婿

楊戩提出這個意見，也是有私心的。

蓁蓁嫁給了沈傲，沈傲也算他的乘龍快婿了。

沈傲的背後，乃是祈國公、衛郡公以及汴京公侯，就是晉王也對他青睞有加，再加上官家與他的關係，這樣的女婿到哪裏找去？

默坐了許久，唐茉兒也有些急了，這麼耗下去非要天亮不可，明日沈傲還要入宮謝恩，若是提不起精神，那可大大不妙了，她又羞又急，終於抬起下巴，臉上滿是紅暈地道：「沈公子，我有一個經義題目，想請你指教。」

唐夫人拍腿道：「這個時候還做什麼題？什麼時候不可以做的？」

唐嚴卻明白了，眼眸一亮，茉兒還真有幾分心計，明裏是叫沈傲做題，其實是有考校未婚夫婿的意思，沈傲做出來了，便是隱喻她首肯，若是做不出，卻又是後話。

唐嚴捋鬚頷首道：「好，好，沈傲，你要小心了，若是做不出，我唐某只好將你掃地出門，往後再不許來我家拜訪。」

這一句是暗示，意思是說，你做不出題，這婚嫁之事就休要再提。不過嘛，嘿嘿，唐嚴心中想，茉兒若是心儀沈傲，這題目自然不會難到哪裏去，以沈傲的學問，自是輕而易舉的事！

沈傲亦明白了，正色道：「請茉兒姑娘出題。」

唐茉兒躑躅片刻道：「君子不重則不威，學而不固。沈公子請破題。」

她顯得極爲莊重，一雙眼眸期盼地看著沈傲，卻又很快地垂下去，不好繼續直視著沈傲。

沈傲立即明白，這一句出自《論語・學而》，學而是《論語》開章的第一句，是告誠修道的人要精進，不要光說不練，要以身行去印證，印證的同時，對同道之人的心態是怎樣的，對道不同的人應持有的心態都交代清楚了。以此如如不動之心去學習，去印證，才能得論語之真道意。

而君子不重則不威，意思是說，人不自重，威望威信就沒有了。這是一個短句，題目很淺顯，破題倒是並不困難，沈傲深望唐茉兒一眼，心裡想：

「茉兒姑娘這是故意放水嗎？」

他突然明白了，這不是放水，這是唐茉兒刻意表態，這樣容易的題目，沈傲是一定能答出來了，這意思就是說，提親的事她已經肯了，只是又不好闡明而已。

沈傲心中一暖，茉兒的心性溫和，小主意倒是不少呢。他微微笑道：「君子之於學，貴有其質而必盡其道也。茉兒姑娘，學生的破題可以嗎？」

唐茉兒踟躕不答，唐嚴忍不住點頭道：「這個破題好，君子之於學，貴有其質而必盡其道，好！這才是真正求學的態度。」

唐茉兒帶著幾分羞意的淺笑道：「沈公子高才，茉兒佩服。」接著又道：「天色不早了，沈公子還是早些回去歇了吧，明日要入宮謝恩，切莫耽誤了。」

唐茉兒的話外音已是不言而喻，唐嚴立即站起來道：「沈傲，我送你一程。」

沈傲與唐嚴一直走到籬笆外，唐嚴苦笑一聲，道：「沈傲，茉兒的心意，你已明白了吧？」

沈傲點頭道：「學生明白。」

唐嚴道：「提親的事，你抓緊一些，早日稟告你家中的長輩，不能再耽誤了，你是我的學生，最受我的器重，能尋你做我的女婿，我心裡也很高興，學生是半子，女婿也是半子，我唐嚴沒有子嗣，往後便將你當作自己的親兒子對待了。」

沈傲咳嗽一聲，點了點頭對唐嚴道：「學生知道該怎麼做了，大人且先回去吧，不用再送了。」

唐嚴執意要送幾步，離唐家不遠，那兩個晉王府的侍衛還未離去，見到沈傲出來，默默地迎過來跟在沈傲身後。

唐嚴道：「明日謝了恩，就要親賜官爵了，沈傲，你有什麼想法？」

沈傲道：「官要做，書還要讀，學生不想在書畫院裏做一輩子的琴棋書畫。」

唐嚴頷首點頭：「這才是有志氣，藝考高中又算得了什麼，若是能考上科舉，那才是真本事，才有晉升的階梯。」

沈傲深爲贊同。進了書畫院，雖然也是緋衣魚袋，可是這也意味著沈傲將來一輩子都要待在這書畫院中，就算再得寵幸，最多也不過是個翰林書畫院大學士。沈傲雖然爲人散漫，卻不願如此混吃等死，要想在這大宋朝有一番作爲，還是要從科舉入手，沒有一點僥倖之心。

當然，這書畫院的官職也要兼著，畢竟書畫院本就沒什麼事，自己一邊領些俸祿，另一邊還是可以繼續讀書，準備科舉。

二人默默地走過了幾條街坊，卻都是不知再該說什麼話，唐嚴的身分一下子從師者轉到準岳父，一時還未適應，沈傲想到自己終於要成家立業，也頗爲感慨。

「唐大人，你還是先回去吧，學生過幾日再來拜訪。」沈傲突然停下腳步，又對唐嚴道。

唐嚴想了想，終於點了點頭：「明日我叫人將茉兒的生辰八字送到府上去，提親的事，你要抓緊一些，人言可畏啊。」

沈傲點頭應下，默送唐嚴離開，這才舉步在這黑暗中慢慢踱步，身後的兩個王府侍衛亦步亦趨地跟著沈傲，沈傲突然笑道：「兩位兄台可曾婚娶嗎？」

兩位侍衛面面相覷，其中一個笑道：「我倒是娶了個婆娘，不過嘛……嘿嘿，從前娶不到媳婦的時候，心裡焦灼難耐，可是真將人娶過了門，才知道還是單身的好，清閒自在，少了幾分牽掛，在外頭也輕鬆一些。」

沈傲大笑，道：「是啊，出去的人想進來，進來的人想出去，這不是圍城是什麼？」

兩位侍衛聽罷，卻是一頭霧水。

次日，沈傲清早出門，穿著碧服到宮外守候，待皇帝上朝宣布召見之後，隨人入宮。

諸進士紛紛謝了恩，趙佶大喜，撫慰一番，便默坐不語。身側的楊戩展開聖旨開始宣讀，沈傲這才知道，這聖旨還可以這樣地磨蹭，足足用了一炷香時間才算念完。起先自是一陣虛話、套話，什麼皇帝自以爲祖先得社稷不易，於是自己如何如履薄冰，求賢若渴，之後誇耀諸進士一番，最後才是許諾官職。

沈傲認真聽著自己的名字，那楊戩高聲道：

「敕沈傲爲翰林書畫院侍讀學士……」

侍讀學士？沈傲對這個官職一點都不陌生，這個官兒不小啊，屬於從四品，這可不比那什麼推官、知府要低。其餘的榜眼、探花、進士，大多授予的是書畫院編修、檢討，都是七八品的末流官兒，除了那蔡行和趙伯驌二人敕了個翰林院侍講，也不過正六品而已。看來這連中四元，確實是曠古未有的事，要以示優渥，所以才特許敕以如此高官。

自己是從四品，是不是可以直接穿緋服、戴銀魚袋了？沈傲心中大爲欣喜。在這個時代，做了官就有了身分，有了身分就有了特權，他不喜歡仗勢欺人，卻也不喜歡被人欺負。

侍讀學士同時還有一個特權，那就是有隨時出入宮禁的權力，有點做秘書的意思，雖然沒有執法、行政權，可是能夠經常陪伴皇帝左右，單這一條，就足夠顯赫了。

不過書畫院的從四品，其水準還是大打了折扣，比起來，只是個閒職。因此，這書畫院中的從四品和正正經經的從四品，區別還是很大的，真要算起來，只怕連人家六七品的通判、知縣都不如。

待楊戩念完了聖旨，沈傲又帶著眾多進士一起謝恩。

趙佶便大笑道：「諸卿將來都是國家棟梁，入職書畫院後，更該勤學不墜，揚我大宋文氣。」這一番撫慰，正要宣布這一場謝恩禮結束。沈傲卻在這個時候站出來道：

「陛下，微臣有事要奏。」

趙佶深望沈傲一眼，撇撇嘴，宣布道：「禮畢退朝吧，沈傲留下。」

趙佶知道沈傲這人的性子，有什麼說什麼，別在這滿朝文武面前又說什麼不分場合的話，那可大大不妙了。

眾人紛紛道：「陛下萬歲。」接著紛紛退出殿去。

殿中還是像上次一樣，只剩下趙佶、楊戩、沈傲三人，趙佶笑道：

「沈兄有什麼事要說？」

他開口稱沈傲爲沈兄，是要和沈傲論起私交了；沈傲心裡腹誹一番，這皇帝一會兒叫他愛卿，一會兒叫他沈兄，一下子叫自己給他跪拜，一下子又論起私交，自己跟他待久了，非神經錯亂不可。

沈傲笑呵呵地道：「王相公，我是想問一問，既然做了這書畫院侍讀學士，能否繼續去國子監裏讀書？」

趙佶哂然一笑，叫楊戩搬了個凳子到金殿上，招呼沈傲上殿來坐，沈傲一點也不客氣，走上玉階，大咧咧地坐下。

趙佶道：「沈兄是想參加科舉嗎？」

沈傲頷首點頭道：「藝考只是在下的興趣，科舉才是在下的本業，所以雖然做了侍讀學士，在下還是想好好地考一場科舉，讀了這麼久的書，就這樣荒廢了學業，實在可惜得很。」

趙佶眼眸中閃過一絲欣賞之色，笑道：「你有這個心思，王某還有什麼不許的，反正這侍讀學士也就是偶爾進宮陪朕作作書畫，你仍舊去國子監裏讀書吧。」

得了趙佶的許諾，沈傲大喜，道：「有王相公這句話，沈傲就放心了。」

隨即，二人又略談了幾句。趙佶見沈傲有點心神不屬，便問道：「沈兄莫非近來遇到了什麼難事?怎的臉色不太好?」
沈傲也不客氣,便將昨日遇到的事說出來,很是頭痛地道:
「下聘的事,學生是想好了,蓁蓁小姐、春兒還有茉兒小姐的事要一起辦,落了誰都傷人的心,只不過難處就在這裏,春兒那邊還好說,蓁蓁的出身不好,我就怕到時候唐大人知道了定會不悅,他畢竟是個讀書人出身,這等事是最忌諱的。」
沈傲自從知道王相公是皇帝,才知道與這王相公有私情的乃是李師師,因而大膽地將這感情糾葛說出來。
其實這件事確實很棘手,蓁蓁是樂戶,樂戶的地位很低賤,要娶她,尤其是明媒正娶,需要很大的勇氣;沈傲自是不缺乏勇氣,可是唐大人那邊要是知道自己的女兒和蓁蓁一道與沈傲成婚,只怕臉色不好看。還有姨母那邊,祈國公府乃是名門中的名門,沈傲這樣做,阻力想必也不會小。
另外,春兒那邊也有點麻煩,春兒是孤兒,倒是有個舅舅、舅母,可是那舅母的嘴臉,沈傲是親眼看到的,到時候請他們來,不知又有什麼風波。他真心要娶春兒爲妻,愛屋及烏,自然也不想對春兒的親屬有什麼成見,更不會嫌棄他們的出身,只是那舅母上一次的嘴臉,令他揮之不去,很是憎惡。
這些話,本來他一直埋在心裡,今日倒是全部抖落出來,從前遇到事情,一向是他自己解決，可是這些兒女情長的家庭瑣事，令他犯了難；他前世是大盜，在與人斡旋時詭計多端，擁有超高的技藝，可也是孤兒，並沒有擁有過真正的家庭生活，在這方面經驗不足，此時當著趙佶的面說出，是有點求助的意思。

在沈傲眼裏，王相公是自己的知心朋友，雖然接觸不多，可是二人之間有共同的喜好，所謂知己難求，這些話和他說也有宣洩的意思；不過，沈傲不喜歡那個皇帝趙佶，在皇帝面前，他有點壓抑。可是世事無常，王相公就是趙佶，趙佶就是王相公，這種身分的不斷轉換，讓他有些糊塗，有一種說不出的滋味。

趙佶認真地聽著，也是一時難以理解沈傲的話，他是皇帝，這等家庭的瑣事，還有這裏面的許多難題，趙佶從未遇過；因而也是爲沈傲可惜，苦笑道：「你這小子，原來竟有如此多的紅顏知己。」

沈傲亦是苦笑道：「從前風流慣了，現在才知道這風流債是要還的。」

楊戩也在一旁聽得入神，突然靈機一動，臉上閃過一絲喜色，道：「陛下，沈公子，咱家倒有個主意，可以讓沈公子的難題迎刃而解。」

趙佶笑道：「你爲何不早說，快說出來，朕參詳參詳。」

楊戩正色道：「蓁蓁姑娘最大的癥結便是身分上，不如這樣，這件事咱家來辦，咱家認她做女兒，再讓她改頭換面，除了這樂籍。如此一來，沈傲要提親，可直接到咱家的府上來，由咱家來操辦，這汴京城中，還有誰敢說三道四？」

楊戩提出這個意見，也是有私心的。認了蓁蓁做女兒，不說蓁蓁與師師一向以姐妹相稱，關係極好；就是嫁給了沈傲，沈傲也算他的乘龍快婿了。

沈傲的背後，乃是祈國公、衛郡公以及汴京公侯，就是晉王也對他青睞有加，再加上官家與他的關係，這樣的女婿到哪裏找去？將來沈傲在朝廷，自己在內宮，二人帶著姻親，相互引爲外援，還有誰可以撼動自己的地位？就是那梁師成重新得寵，自己也不必再怕他。

楊戩小心翼翼地看著沈傲，生怕沈傲搖頭否決，須知自己雖然位高權重，可是身分也有些尷尬，畢竟是個內侍，內侍的女兒和祈國公的外戚結親，難免會有人說閒話。

不曾想沈傲笑開了，道：「這個主意好，我看行，王相公以爲如何？」

趙佶笑道：「既如此，那便這樣定了。」他猶豫片刻，又道：「不過周愛卿這人，朕是知道的，他這人最好面子，與楊公公結爲親家，只怕他並不見得同意。這樣吧，朕再送沈兄一份大禮，即刻草擬一份詔書，朕爲沈兄賜婚。」

賜婚？沈傲和楊戩皆是眼睛一亮，賜婚對於臣子來說，其意義不小於公主下嫁，是很體面的事，而且一旦賜婚，就意味著還未加封誥命，就有了誥命夫人這個身分，還有誰再可以說三道四？

從講武殿出來，沈傲的心情大好，有了趙佶暗中幫襯，一切問題都迎刃而解了，心中壓著的陰霾一下子驅散開，沈傲伸伸懶腰，迎著春風無限颯爽。

「沈公子……沈公子……」楊戩從殿中追過來，眉開眼笑地道：「這提親的事，咱家要和你好好說道說道。」

沈傲原以爲楊戩收蓁蓁爲乾女兒，只不過是一句玩笑話，或者說只是爲了掩人耳目的噱頭，幫沈傲遮掩下蓁蓁的出身。可是見此刻楊戩一副肅然的樣子，不由地想，楊公公還真把它當一回事呢，莫非他是真想做這爹了？

歷代的太監，收養兒女的不少，太監不能娶妻生子，斷絕了後嗣，生怕晚年無人奉養照料，因此大多在壯年時便收幾個子女，有備無患，甚至還引以爲風尚，世人也大多見怪不怪。

只不過楊戩這般的太監，權勢不低，也不擔心萬年贍養的問題，因此並沒有收養過子女，此時他如此熱心，沈傲自然也不好駁了他的興致，便道：

「不如我們先出宮去，尋個地方慢慢參詳。」

楊戩興致勃勃地道：「不如就去蒔花館，當著蓁蓁的面說。」

沈傲點了點頭，二人一起出了宮，登上楊戩的馬車，到了蒔花館。

這蒔花館門可羅雀，行人寥寥。徑直進去，立即叫了蓁蓁來，楊戩也不客氣，直接將自己的意圖說了，最後道：

「蓁蓁，咱家的為人，想必你也知道，你若是做了咱家的女兒，定不會薄待了你，哎，咱家是個無嗣的廢人，收了你這個女兒，有了沈公子這樣的賢婿，也今生無憾了。你是如何想的，不妨事，但可說出來，咱家不怪罪。」

蓁蓁聽了前因後果，聽說沈傲要來向自己提親，既是歡喜又是感激，心裡不由地想：奴家果然沒有所託非人，他總算沒有負我。隨即又知道沈傲為難之處，連忙點頭，朝楊戩福了福道：「孩兒見過爹爹。」

蓁蓁本就是無父無母的孤兒，有人要收她為女兒，排斥心理並不強，更何況，蓁蓁又豈肯讓沈傲因為自己與他的姨母鬧僵？有了身分，祈國公府那邊自然也無話可說。

楊戩大笑：「好，好，好女兒。」說著，連忙將蓁蓁扶起，道：「你的真名叫什麼？」

蓁蓁答道：「孩兒也姓楊，單名一個蓁字。」

楊戩笑道：「楊蓁？這名兒好，連姓氏都不必改了。過幾日，我便叫人將你抬到咱家的府裏去，教人收拾閨閣，往後，你對人便叫楊蓁兒，再不是這蒔花館裏的蓁蓁了，至於戶籍的事，咱家親自去為你辦了，你就好好待嫁，一切都有我和沈公子！」

蓁蓁有點兒靦腆，低若蚊吟地應下來。

楊戩收養了個女兒，心情大好，覺得和沈傲待在一起更加親暱，叫廚子熱了酒菜，陪沈傲喝了幾口。

沈傲想不到最後是這個結局，國子監的唐大人，自己的校長成了老丈人，就連楊公公，如今也是自己的岳父。這一想，還真感慨無限，當真是世事難料。唏噓一番，沈傲笑吟吟地陪著楊戩喝酒。

楊戩的酒量不淺，幾杯花雕下肚，面色紅光地拉著沈傲的手道：

「沈公子，咱家第一眼看你，就覺得你這人不錯，很對咱家的脾氣，如今我們親上加親，往後，你的事便是咱家的事，有什麼難處直接和我說，誰若是欺負了你，咱家爲你做主。」

這一番拍胸脯保證，顯得真心誠意，沈傲心中呵呵地笑著，這感情好，都是一家人，以後遇到了事，他自是絕不客氣的。

沈傲叫蓁蓁也一起坐下，正色道：「蓁蓁，有些話，我還沒有問你，你要如實回答。好不好？」蓁蓁見沈傲神情認真，心中凜然，道：「沈公子，你問。」

沈傲拉著蓁蓁的手，嚴肅地問道：「蓁蓁願意嫁給沈傲嗎？」

他不喜歡傳統婚姻那一套，所以就算提親，也要問個清楚明白。

蓁蓁臉蛋兒猛地臊紅起來，帶著幾分羞意道：「沈公子何必多此一問？」如是說，意思很明確。沈傲訕訕一笑，又去喝酒。

沈傲醉醺醺地從蒔花館出來，被冷風一吹，感覺好極了，由楊戩的馬車送回到國公府，已到了下午，再睡了一覺，頭腦頓時清醒了不少，接著就想起明日大宴賓客的事，連忙到後園去見夫人。

其實這宴客的事，前幾日就已經開始籌備，反而越走到了臨近的時刻，一下子顯得空閒下來。夫人在佛堂中喝茶，周若在旁陪著聊天，至於周恆，早已去殿前司候命了。與周若對了個眼，沈傲心中腹誹一番，若是這一次連帶著將表妹一道娶了該有多好！哎，雖說是近水樓台先得月，可是這窩邊草吃得有些燙嘴。

夫人見沈傲過來，便問：「謝恩了嗎？」

沈傲頷首點頭：「已經謝過了，朝廷的旨意也下來了，敕的是侍讀學士，過幾日去吏部點個卯，交割文書、印信。」

「侍讀學士是幾品的官？」夫人對這名目繁多的官階知之不詳。

沈傲道：「從四品。」

夫人不由地有些遺憾，安慰沈傲一番。

沈傲心裡偷笑，想必夫人對這朝廷的升遷制度一點都不了解，國公府結交的哪一個不是二三品的大員，就是三品官見了國公都要行禮問安的，因此在夫人看來，從四品是極小的官兒。

周若在一旁不禁地笑了，道：「娘，沈傲剛剛入朝就是從四品，已是曠古未有的事了，往後前途無限呢！」

「是嗎？」夫人也訕笑：「這些事我也不懂，幸得你提醒，要不在其他夫人跟前鬧出笑話來可不好了！」接著便說起明日酒宴的事。

夫人聞到沈傲口中的酒氣，便道：「沈傲，你快去歇一歇，明日有你忙的。」

剛剛來就被趕走，沈傲也不爭辯，只好回房去歇了。

等到了第二天，周府張燈結彩，劉文大清早便過來，送來了緋衣公府讓沈傲穿上，沈傲穿著這大紅色的官袍，對著銅鏡上下打量，不由地覺得颯爽了幾分，心裡也略略有些得意，倒有點錯覺自己今日是要做新郎官了。

日上三竿，賓客們陸陸續續地來了，一聲聲傳報自門子那邊傳來，周正帶著沈傲、周恆去迎客。他穿的是一件紫袍，繫著玉帶，春風滿臉。沈傲則是一身緋服在後，至於周恆，是一件禁軍的虞侯短服，周恆雖然有些胖，可是這衣衫穿在身上，還真有幾分健碩。

賓客們一個個入場，沈傲保持著笑容，臉都要僵了，可是這客人卻彷彿迎不完似的，每一個客人過來恭賀，周正就帶著沈傲去客氣幾句，還不忘給沈傲介紹：

「這位是光祿寺劉龍劉大人……」

「這位是右僕射佐令龔大人，沈傲，快叫龔世伯。」

「他便是我和你經常提起的平都侯，快行禮……」

沈傲的記性不錯，來的人大致都記了個七八成，況且這迎客也是有規矩的，身分高貴或者關係親密一些的，周正大多會領著沈傲多客氣幾句，隆重介紹一番。

若是身分較爲卑微，雖仍是客客氣氣，卻免不了寥寥幾語了。沈傲只需記得一些重要的人物，其他的混個臉熟也就是了。

一直到了正午，客人們來得差不多了，周正卻是有點兒焦躁，看著府外見沒有客人再來，忍不住捋鬚搖頭，將沈傲叫過來道：

「……這晉王到底會不會來？怎麼現在還沒有看到人？」

晉王是自己要來的，周正已送了請柬過去，到現在還未見到人，讓他不得不有點著急。晉王那邊沒有準信，這邊就開不了席，到時候，若是這一邊先吃上，晉王中途來了，難免有些失禮；可是晉王若是不來，這樣等下去也不是辦法，這左右都是爲難，心中不由叫苦。

沈傲篤定地道：「姨父，晉王一定會來的。」安慰他一番，心裡其實也有些忐忑。

過不多時，門子唱喏：

「晉王爺到……送玉珊瑚一只，金如意一對……」

周正和沈傲皆是喜出望外。這個老祖宗當真是不好等啊，二人迎過去，果然看到晉王帶著幾個從人挑著禮物過來，老遠便聽到趙宗的大笑聲，連聲對沈傲道：

「恭喜，恭喜……」

裏面的賓客聽到晉王兩個字，不約而同地大吃一驚，晉王竟是親自來慶賀？這可真叫人大開眼界。滿朝文武之中，祈國公是第一個請動這位逍遙王爺的人，不管是當時權傾一時的蔡太師，還是王公勛貴，哪一個沒有受過他的氣？

周正與有榮焉，迎上去與晉王客套幾句，親自迎著晉王落座，見時候差不多了，便招待人吃酒。

賓客一共分在三處，小廳裏是晉王、衛郡公這樣的重要客人，外廳則是朝廷的同僚和一些故舊，其他的只能安排在前院，這倒不是周正故意怠慢，實在是客人來得太多，國公府就是再大，也容不下這麼多人。至於女眷，則大多去了後園，那裏也擺了幾桌，由夫人作陪。

沈傲見周正沒有出去敬酒的意思，心裡明白了，原來這時候還沒有一圈圈敬酒的規矩，大家都是團坐在案上，各顧各的，或是竊竊私語，或是推杯把盞，卻都是不離座。

沈傲笑了笑，低聲對周正道：「姨父，我去敬一圈酒！」

「敬一圈酒？」周正微微一愣，不知沈傲又有什麼鬼主意！

沈傲已站起來，先舉杯在小廳敬了一圈，隨即到外廳去，外廳的賓客見沈傲出來，紛紛道：「沈狀元來了……」於是呼啦啦地看過來。

許多人已是明白了，這個沈傲不簡單，連晉王都請動了，又是入朝就敕了個侍讀學士，當真是前途無量。

此時見沈傲笑吟吟地過來，先在一方桌案前站定，對著在座的諸人恭謙道：「學生僥倖中試，勞煩諸位叔伯、兄長前來慶賀，這一杯酒，聊表學生謝意。」

沈傲率先仰首將杯中酒喝了個乾淨。

他這般舉動，頓時叫在座的人坐不住了，皆是笑道：「沈公子好酒量。」說著，便紛紛舉杯：「我等也敬沈公子一杯，恭祝沈公子高中。」

如此各自相敬，非但引起賓客對沈傲的好感，氣氛也不由地熱鬧了幾分。

沈傲一桌一桌敬過去，虧得這時代的酒酒精濃度不高，沈傲一杯杯下肚，竟還能勉強支撐，可是一圈下來，已經上臉了。

外廳的賓客眉飛色舞，眼見沈傲如此客氣，又這般謙虛，相互敬酒數杯，不由地少了幾分拘謹，多了幾分歡笑。

第一一〇章
皇帝賜婚

不出沈傲所料，今日的聖旨是來賜婚的，而且一次賜了三個。

夫人聽到頭暈腦脹，什麼唐茉兒、楊蓁兒、春兒，一時也糊塗了，待那傳旨意的公公走了，夫人連忙拉住沈傲問道：「這是怎麼回事？」

外廳敬完，沈傲道了一聲擾，又到前院去。前院的賓客大多是低級的京官和城中與祈國公府有幾分干係的富商，眼見這沈才子舉杯出來，不禁覺得奇怪，見到沈傲向他們敬酒，不由地有些激動，人家從小廳過來敬酒，自是看得起自己，沈公子乃是祈國公的親戚，又是才子，如今已是從四品官員，前程無量，他能如此矜持謙虛的來敬酒，已是給了他們天大的面子，於是紛紛回敬。

這一圈敬完，已是過了整整半個時辰，沈傲酒氣上湧，勉強回到小廳去。

周正聽到外面動靜，已是知道沈傲的意圖了，笑呵呵地道：「平時不見你的酒量，今日算是見識了，來！再敬諸位叔伯一杯吧。」

沈傲又敬了諸人一杯，那晉王紅光滿面地道：「有意思，如此喝酒才有意思，好，本王今日也有興致，也隨沈傲出去敬一圈酒。」率先站起來，挽著沈傲的胳膊道：「走，走，沈傲，我們同去敬酒。」

他是最愛湊熱鬧的，也喜歡這種新鮮的敬酒方式，硬拉著沈傲出去，沈傲心裡叫苦，只好勉強與他出去。

這一次出來，賓客們見了晉王，都忍不住拘謹了幾分，倒是沈傲笑道：「今日能來的，便都是客人，諸位不必顧忌身分，痛快喝便是。」

眾人一聽，再看晉王嘻嘻哈哈的樣子，便都放了心，推杯把盞，熱鬧非凡。

一場酒宴鬧到深夜，賓客們歡笑而回，看著四處的殘羹剩餚，沈傲暈乎乎地被劉文扶去歇了，周恆陪著幾個殿前司的同僚一直到最後才將他們送走。

周大少爺今日喝得很盡興，自進了殿前司，他的心情格外開朗起來，他本就不是讀書的料，如今做了個小武官，所結交的也都是殿前司帳下的虞侯、都頭，這些人很對周恆的脾氣，再加上他的身分本就不同，許多事，衙門裏能幫襯的都會幫襯他一點，不出幾日，他就和眾人混熟，每日清早去殿前司點卯，隨即或入宮聽差，或上街巡檢，日子過得逍遙自在。

沈傲回到屋裏，突然想起還未去送唐嚴，這酒宴上客人實在太多，未來老丈人和他只照過兩面，按理說，他是師長，自己理該去送的，便暈乎乎地要去送客。

劉文扶住他，笑呵呵地道：「表少爺，老爺已派人去送了，你還是先歇一歇，醒醒酒。」

「哦，這樣啊？」沈傲頷首點頭，心裡一鬆，倒頭睡了。

一覺醒來，發現離天亮還有段時間，換了衣衫，做了一篇文章，等熬到天亮，左右無事，乾脆去殿前司尋周恆和鄧龍玩，殿前司乃是三衙之一，負責拱衛宮城和內城安全，衙門修得很寬闊，佔地極大，時而有一些中低級軍官進出。

沈傲通報一聲，鄧龍和周恆俱都迎出來。二人見了沈傲，笑哈哈地寒暄一番，鄧龍叫沈傲去見都指揮使，說是那位胡憒胡指揮使一直盼望與沈傲一見，要當面向沈傲致謝。

昨日酒宴上，沈傲雖與胡憒照過面，也相互敬了酒，可是礙於人多，倒是並未細談，沈傲覺得這胡指揮使是個豪爽之人，頗有滴水之恩、湧泉相報的品德，便笑嘻嘻地道：「那就勞煩鄧兄弟去通報。」

過不多時，那轅門之內，突然生出一聲炮響，胡憒身穿緋服，帶著大小將校出來。這陣勢，不像是迎客，更像是黑社會砍人。沈傲嚇了一跳，太有氣勢了。

胡憒龍行著虎步過來，沈傲連忙行禮，道：「見過指揮使大人。」

胡憒豪爽地大笑一聲挽住沈傲的手，對左右道：「這便是沈傲沈公子……，不，現在是沈傲沈學士，我經常向諸位提起的，諸位快來見禮。」

胡憒身後的將校哪裏敢怠慢，紛紛抱拳道：「沈學士。」

胡憒和沈傲相視一笑，便一道入衙，相互寒暄客氣。

胡憒對沈傲頗感興趣道：「沈學士，坊間說你與高衙內在街上發生了衝突，還鬧到大理寺去了，不知確有其事嗎？」

高俅也是三衙首長之一，與胡憒算是同一個系統，沈傲也不知胡憒與高俅之間的關係是否親密，硬著頭皮道：「是。」

胡憤苦笑道：「這高衙內是最跋扈的，高太尉一向過於包庇他，因而愈發目中無人，沈學士這一次算是讓他有個教訓。不過……」接著，他壓低聲音道：「高太尉此人睚眥必報，沈學士得罪了他，只怕他不會肯輕易罷休，而且此人最受官家寵幸，沈學士要小心了。」

胡憤飽有深意地提醒一番，似有某種暗示。

沈傲看著這大咧咧的胡憤，心裡生出一種錯覺，這個胡憤只怕也不簡單，能混到殿前司都指揮使的高位，若是沒有手腕那是假話，只是，這些話到底又隱藏著什麼意思呢？

沈傲微微笑道：「謝大人提醒。」

隨即打量起這衙堂，衙堂與尋常的衙門並沒什麼分別，唯一的區別，就在於那高懸在正前牆壁上的燙金牌匾頗爲耀眼，認真一看，竟是太宗皇帝親筆手書的「天子親軍」四個字。

天子親軍？用這四個字來形容殿前司倒也恰當，殿前司掌管宮禁，拱衛內城，是保護皇帝的最後一道屏障，三衙之中，殿前司最爲顯赫。

沈傲若有所悟，根據他對三衙的理解，殿前司的都指揮使一向都是三衙的首領，雖然在級別上與其他兩個都指揮使相同，可是隱隱之間，地位超然。

可是現在胡憒的地位倒是有些尷尬，在一方面，他身爲殿前司都指揮使，本該在三衙最爲顯赫，可是世人都知道那任職侍衛親軍馬軍司的高俅最受皇帝寵愛，又被敕爲太尉，如此一來，反倒是馬軍司壓了胡憒一頭。

按常理來說，胡憒的地位應當比高俅要高一些，可是現實卻不是如此，胡憒身爲殿前司都指揮使，若是心中沒有芥蒂，那是不可能的。

想通了這一節，沈傲放下心與胡憒攀談起來，隨即又在衙內各房轉了一圈，算是和殿前司的大小將官混了個臉熟，才告辭而出。

到了第二日，聖旨下來了。沈傲聽到來了聖旨，還裝作一副驚訝的樣子對夫人道：「怎麼又來了聖旨，真是奇怪。」

隨大家一起去接旨意，不出沈傲所料，今日的聖旨是來賜婚的，而且一次賜了三個。

夫人聽到頭暈腦脹，什麼唐茉兒，什麼楊蓁兒，什麼春兒，一時也糊塗了，待那傳旨意的公公走了，夫人連忙拉住沈傲問道：「這是怎麼回事？」

沈傲很無辜地道：「我也不知道，也不知皇上發了什麼瘋，突然要賜婚！姨母，我的心思很簡單的，現在一心就想用功讀書，成婚的事，連想都不曾想過。」

夫人連忙呵斥道：「不要胡說八道，官家如何會發瘋，小心隔牆有耳。」接著，她反倒勸說起沈傲來：「既然這是官家的意思，這婚是一定得辦的，不管是哪家的閨女，也要娶進門來，否則這抗旨不遵，就是殺頭的大罪。」

她雖是這樣說，心裡還是沒有反應過來。皇帝突然之間下旨意要賜婚，而且一賜就是三個，唐茉兒她是滿意的，畢竟是國子監祭酒的女兒，想必是個賢淑端莊的女子，家教不會差。

至於春兒，她也無話可說，春兒是她看著長大的，性子溫和，手腳勤快，將來讓她來主持家業，也可讓沈傲少操些心。至於那個楊蓁兒，她卻是從未聽說過。楊戩的義女，楊戩是誰？夫人倒是知道，只是……

夫人的眼皮兒不禁跳起來，其實楊蓁兒是什麼模樣，夫人也不介意，她的家世，夫人也並不嫌棄，只是她明白周正的性子，周正這個人執家很嚴，一向避免與內宦有瓜葛的，現在要和楊戩楊公公做親家，夫人吁了口氣，握著沈傲的手道：

「事到臨頭，我們還是等國公回來再商議，先隨我到佛堂去坐坐。」

沈傲應下來，看了周若一眼，見周若面無表情，也猜不透她此刻是什麼心情，但是此刻面對著周若，心裡卻是有些悶悶的。

到了傍晚，周正回府，門子立即回報，夫人連忙叫人去請他到佛堂來，不多時，周正撩開簾子進來，想必也是從門子那裏得知了此事，臉色波瀾不驚，也不知是喜是憂。

夫人又將事情的原委說了一遍，周正皺眉道：「好端端的，陛下突然賜婚做什麼？之前也沒聽說過什麼風聲。」

夫人道：「前幾次官家傳旨來，都是訓斥沈傲不懂事，或許是想叫沈傲收收心，因而賜下這些婚事吧。」隨即苦笑道：「賜婚倒也罷了，一次賜三個，沈傲這孩子能消受得起嗎？依我看，這官家也是狗拿耗子。」

周正笑了笑，道：「唐家的小姐，我是聽說過，是汴京城有名的才女，這一門親事很好。至於春兒，可是從前那個丫頭嗎？」

夫人道：「就是她，前些日子被她家人領了回去，性子是極好的。」

周正頷首點頭。夫人的身分也不高，周正照樣明媒正娶了，因而對身分的事也不介意，甚是滿意地道：「這丫頭的性子很溫和，原本我還想爲她尋門好親事的，嫁給沈傲，也並無不可，既然是賜婚，誥命也早晚會下來的，誰又能說她什麼？」

夫人不無憂慮地看了周正一眼，道：「公爺可聽過那楊蓁兒嗎？」

周正皺眉道：「怪就怪在這裏，此前並沒有聽說過楊戩有什麼義女，怎麼突然多了一個義女來？更何況楊戩是內宦，我們周家與他結親，倒有些奉承之嫌了。哎！」

周正說罷，不由地嘆了口氣，周家是大家族，楊戩雖然權勢滔天，可畢竟名聲不太好，和他聯姻，難保有人說閒話。

夫人道：「那些閒話倒是沒什麼，嘴長在別人身上，與我們何干？我最擔心的就是這楊蓁兒的性子，若是她的性子不好，只怕將來家裏頭要雞犬不寧，若是知書達理，也沒什麼好顧慮的。」

周正勉強一笑道：「既然聖旨已下來，說這些有什麼用？立即備好聘禮，準備下訂吧，這件事就交給夫人來辦，我再去打聽打聽，看看有什麼風聲。」

周正說罷，隨即又向沈傲道：「沈傲，楊蓁兒你識得嗎？」

沈傲道：「有一次去楊公公府上，倒是有過一面之緣。」

周正頷首點頭，又嘆氣道：「先不管這些，再多說什麼也沒有用了。」

有了聖旨賜婚，周正也無話可說，反正這提親的事，他也一向處置不來，都落在夫人身上，夫人倒是熱心得很，一開始有些難以接受，後來一想也釋然了。便對沈傲道：「將來你成婚，我教人將後園東院的幾個閣樓收拾好給你住，就不必搬出去了，一家人在一起才熱鬧。」

沈傲原本還有搬出去的意思，畢竟自己只是外戚，一直住著，只怕外人說三道四。可是好歹他在這周府住慣了，真要搬出去還挺麻煩，聽到夫人如是說，便一口應承下，心裡想著，自己臉皮厚，誰愛說就說去。

沈傲安分地在府裏待了幾天，國子監開了學，先請了幾天假，唐嚴那邊知道沈傲的意圖，自然准許了。

國公府剛剛忙完了宴客，又開始準備聘禮，按著商量的意思，現在只是先下訂，待秋闈之後再完婚。不過周家畢竟是大戶，就是訂親，也是有許多規矩，那聘禮都由夫人親自挑選，綢緞用什麼的好，禮餅買哪家的，還有請哪個喜事班子，這一宗宗的事，讓夫人好幾夜都沒有睡好，連累得周正幾夜也被夫人推醒，早上醒來，已是哈欠連連，眼睛都要睜不開了。

周正一開始還有些抗拒，等到楊戩親自登門，雖然絕口不談結爲親家的事，只是敘舊，又恭維這公爺一番，才讓他的反抗之心降低了幾分。

至於周恆，有時也帶幾個殿前司的朋友回來幫忙，這些人大多是精力無處發洩的精壯，幫忙跑跑腿倒是力所能及。

沈傲最是沒心沒肺，這幾日，要嘛拿出陳濟的筆記來看，要嘛做幾篇經義文章，有時寫些行書，他不敢出門，也不敢去尋夫人，只是覺得若是撞見了周若，心裡空落落的。

中途去了一趟吏部，吏部乃是六部之首，掌管天下官員的品級開列、考授、揀選、升調。就是封爵、世職、恩蔭、難蔭、請封、捐封等事務，也一併由吏部掌握。因此，莫看這吏部衙門在眾多衙門中顯得極不起眼，公衙前門可羅雀，其權柄之重，卻足以讓人生畏。

進了吏部衙門，這吏部共分爲四司，每一司都是一座獨棟的建築，以品字形拱衛著一座公堂，在門前，分別矗立文選、驗封、稽勛和考功等石碑，公堂前是聖諭亭，不遠處又是一座碑文，這碑文想必已有年頭，落款卻是太宗趙光義的手跡，沈傲在碑前佇立，卻是哂然一笑，這石碑上洋洋灑灑上千言，卻都是一些廢話，隨即瀟灑地入了公堂。

坐堂的堂官是個年過古稀的官員，身上穿著緋服，顯是品級不小，沈傲過去行了禮，稟明了身分和原委，又將朝廷頒發的印信呈上去。

這老堂官看了看，確認沈傲的印信沒有錯，便提筆在印信下畫了個圈，叫來一個小吏，將印信交給他，隨即對沈傲道：「沈學士少待。」

沈傲呆坐在公堂上，心想：原來這登記造冊這般麻煩，原以爲只需登記一個名字就走了。那小吏拿了印信出去了一趟，過了許久又回來，這一次帶來的印信更多，對老堂官道：「大人，文選清吏司那邊查了文件，印信沒錯。」

堂官點點頭，笑著對沈傲道：「沈學士，請再少待片刻。」便又在印信上寫了幾個字，叫小吏送了去。

這一次耗費的時間不多，小吏端著一個托盤來，上面有緋服官袍、翅帽以及銀印，笑呵呵地道：「恭喜沈學士。」

沈傲忙不迭地掏出錢來打賞，這種潛規則還是要遵守的，小吏得了賞錢，興高采烈的又道了謝，親自將沈傲送出去，及到前院時，有人叫道：「來人可是沈傲沈學士嗎？」

沈傲回眸，正看到那文選司的衙堂裏走出一個碧服官員，笑吟吟地踱步過來，這人沈傲有點印象，不過一時間記不起是誰，沈傲笑呵呵地道：「正是。」

這人過來行了禮，笑道：「上一次在公府裏討了口喜酒，方才我在查驗印信，一看到是沈兄的大名，便立即來與沈兄說幾句話。」

沈傲這才知道，那個酒宴的效果出來了，請了那頓酒，算是周正正式將沈傲推薦給他的門生故舊。這汴京城裏各大衙門，只怕都能尋出幾個熟人來。

他呵呵一笑，與這文選司的吏部官員寒暄幾句，才是告辭，又不忘道：「過幾日在下要提親，嘿嘿，兄台若是不棄，何不如去湊湊熱鬧。」

這位年輕官員大笑，連忙應承下。

等回了公府，沈傲才真正的琢磨起官印和官服了，試穿了一下，還挺合身。至於這官印，上面印著「書畫院侍讀學士」七個字，字跡都有些模糊，看上去像是有點年頭，不知經過了多少人的手。

至於緋服，倒是簇新的，樣式是圓領的儒袍，袖口開口很大，穿上去還真有幾分威嚴。翅帽自是不必說，這便是後世烏紗帽的雛形，戴在頭上有點大，感覺頭上放了一個臉盆一樣，開始有點不舒服，慢慢地也能習慣。

過了幾日，吉日總算到了。

大清早，公府門前已放了鞭炮，帶著聘禮的數輛大車刷了新漆，很是引人矚目。沈傲被人簇擁出來，今日的來人實在太多，單國子監的同窗就來了數十個，他們表面上自是來隨沈傲一道迎親的，其實這點兒小心思，卻早被沈傲看破了。

沈傲要娶的是唐家小姐，唐茉兒的爹是誰？是中央大學的校長，這些監生一個個逃課出來，便是咬定了今次就算逃課出來也不會受罰，到時候追問起來，便說隨沈傲去提親了，這般的喜事，學正又能說什麼？

殿前司這邊也來了數十個武官，還有不少故舊，以及一些邃雅山房中結交的十幾個朋友，一行人浩浩蕩蕩到了府門前，劉文笑嘻嘻地過來：「表少爺，咱們先去哪一

家？」

這一句話問出來，當真是怪異極了，別人去提親，還需要問哪一家，若是教女方知道，非拒之門外不可。

沈傲一聽，一時愣住了，還真的是犯了難，先去哪一家呢？

雖說都是平妻，這是聖旨上黑紙白字寫了的，可是在外人看來，不管是不是平妻，這老婆總是要分出個高下來。若是先去唐家，唐家自然高興，不過依著楊戩的性子，肯定要不悅了。楊戩也是要面子的，自己的乾女兒受聘，男方卻先奔另一個姑娘家了，這算是怎麼回事？

可問題又來了，若是先去楊公公的府上，唐嚴會怎樣想？須知士大夫與宦官一向是不對盤的，士大夫自命清高啊，尤其是唐嚴這般的迂腐之人，一聽，你竟是先去了楊公公那裏才到本大人這裏來的，滾滾滾，這親不結了。

這些雖只是沈傲的猜測，卻難保不會發生，更何況，春兒那邊若是去晚了，春兒雖不會埋怨，沈傲卻又覺得對不起她。她是沒有爹娘的人，訂親本就受人冷落，想起她那楚楚可憐的模樣，沈傲心裡就有些難受，便咬咬牙當著大家道：

「來，拿三個銅板來。」

眾人起鬨：「拿銅板做什麼，快說，到底去哪家，耽誤了吉時，看你如何收場。」

劉文掏出銅板交給沈傲，沈傲當著眾人的面道：「若是撒出一個字便先去唐家，兩個字是楊家，三個字便是吳家。」吳乃是春兒的姓氏。

眾人忍不住捧腹大笑。這個主意虧沈傲想得出，提親居然先來個猜枚！有意思，於是紛紛道：「沈兄快擲……」

沈傲灑下銅錢，卻是一個字，不由笑道：「諸位看好了，一定要記得給小弟做個見證，走，先去唐大人府上。」

鑼鼓響起，沈傲高高坐在馬上，後頭隨來的隊伍迤邐到了街尾，熱鬧非凡。

這一路過去，不知堵住了幾條街，到了唐家，唐家門口早有人進去通報，柴門立即緊閉，許多街鄰笑嘻嘻地堵住了柴門，紛紛道：

「這是哪家的郎君？要過去，先過了我們這一關再說。」

沈傲下馬，周恆一些人簇擁過來，紛紛道：「快讓開，快讓開……」

唐家這邊偏是不讓，其中一人站出來道：

「沈學士是才子，要提親，先作一首詩給我們聽聽再說。事先說好，這詩也不許亂作，需沈學士自己吹噓一番，讓我們看看沈學士憑什麼向唐才女求親。」

沈傲哈哈笑道：「好，就作一首詩。」

他沉吟片刻，這一次倒是不摘抄古詩了，自己憑著底子吟道：

「奶娃拾筆丟金瓜，年少墨海踏浪塌，直上青雲龍形顯，才壓榜眼笑探花。」

詩做了出來，有點汗顏，水平不太夠啊，不過這詩倒是夠囂張的，尤其是最後一句「才壓榜眼笑探花」，雖說很真實，卻過於囂張。

囂張就囂張，提親還矜持個什麼？沈傲笑嘻嘻地想著。

「呀，狀元公好大的口氣。」眾人紛紛笑作一團，也不好再計較沈傲的詩詞是好是壞。

沈傲道：「現在可以進去了嗎？」

眾人放他進去，打開柴門，便有許多同窗穿著便服的禁軍湧過去，這籬笆雖然紮得深，畢竟不牢固，被這些人一湧而上，竟是呼啦啦地垮了。

周恆大叫：「誰，是誰壓垮了唐大人的竹籬笆？真是該死。」

幾人指認他道：「就是周公子壓垮的，還賊喊捉賊。」

「是我嗎？」周恆很是慚愧，灰溜溜地鑽入人群沒影了。

到了前院，烏壓壓的人群一齊道：「快叫唐才女出來給大夥兒看看，不出來我等就不干休。」

唐嚴出來，這些人的聲音才微弱了許多，不少監生見了唐大人，嚇得臉色一緊，不敢再大聲喧嘩了。

唐嚴的目光落在沈傲身上，見他穿著緋服翅帽，精神抖擻，故意板著臉過去，道：「噢，原來是沈傲，不知今日你帶著這麼多人來敝府做什麼？」

這叫明知故問，女家在這個節骨眼上是絕對不能歡天喜地的，要矜持，表現出對男方的不屑，等男方萬般祈求，才能鬆口，否則就寓意著自家的女兒不值錢，所以，唐嚴板起面孔來，倒還真唬住了不少人。

沈傲連忙躬身行禮道：「學生見過唐大人，唐大人，學生對茉兒姑娘甚是愛慕，今次特來求親，望唐大人允諾。」

唐嚴便道：「求親？好吧，我先考考你，若是你有真才實學，我們還可以再商量商量，若是你不學無術，休怪老夫拿撢子將你趕出去。」

「作弊，作弊啊！」有人捶胸頓足的道：「這天下還有什麼考試難得到沈學士的？要考，也要考沈學士從未考過的才行。」

「對，不如考鬥雞，沈學士一定不會。」

「鬥雞有什麼意思，是男子漢大丈夫的站出來，叫沈學士和我比武過過招，他若是贏了，我才服氣。可若是輸了，不如這親還是我來提吧。」

「哈哈……」眾人大笑。

唐嚴不去理他們，對沈傲道：「我問你，『旭日芝蘭光甲第』的下聯是什麼？」

許多人紛紛叫：「啊呀，竟是這麼容易的對聯？莫說是沈學士，便是我都能答出來。」

於是便有人道：「唐大人太不公平，這明明是偏袒沈學士，不行，不行，換一個題目。」

沈傲笑吟吟地道：「春風棠棣振家聲。」

他心裡偷笑，這題目還真是容易得很，難怪大家不滿，唐大人放水放得太明顯了。對聯對了出來，唐嚴便道：「好吧，看你倒是有幾分學識，就不趕你出去。不過，你既是要娶小女，那麼我問你，你爲何要娶小女？說出了緣故，老夫才肯收下這聘禮。」

這是教人當眾示愛了！沈傲臉皮雖厚，此刻也有些吃不住了，其實這個時候的風氣算是開放的，不比程朱理學氾濫的南宋，習俗與晚唐頗爲相近，男女之間談情說愛也並沒有什麼不可的。

這就是爲什麼南宋的才子作起詩詞來大多較爲隱晦，尤其是描寫愛情方面。而在北宋，莫說是什麼，就是淫詞也是滿天飛的，比如那名滿天下的柳永，甚至就是以寫淫穢詩詞成名，非但沒有遭人鄙夷，反倒推崇他的人不少。就是尋常的讀書人，不少在私下裏也並不正經。

所以唐嚴問出這句話來，並不失禮，現在教他在大庭廣眾之下說出如何愛慕唐茉兒，於唐家來說也有面子，省得教人說沈傲是礙於聖旨賜婚才來提親的。

眾人一聽，知道重頭戲來了，紛紛道：「沈公子快說，爲什麼要娶唐才女，不說，就得被人轟出門了。」

沈傲見他們瞧熱鬧瞧得歡，心裡腹誹一番，叉手道：

「學生上一次見了唐才女，就被她的花容月貌所吸引，回到家裏茶不思、飯不想，日夜難寐，腦海中盡是她的倩影，若是娶不到唐才女，學生這輩子就是做人也沒有滋味了。」

眾人大笑，捶胸頓地，眼淚都要出來了，原本以爲沈傲會文縐縐地說上兩句，想不到竟說得如此直白，讓人大開眼界。

唐嚴臉上有些掛不住了，這哪像是個讀書人啊，簡直就是斯文敗類，讓你說幾句愛慕之詞，你大庭廣眾之下說得如此肉麻做什麼？哎，斯文喪盡，斯文喪盡！想著不能再讓他胡鬧了，趕快收了聘禮，叫他趕快走。

心裡打定主意，唐嚴咳嗽幾聲掩飾尷尬，糾結地扯著鬍鬚道：「好罷，這聘禮就留在這裏。」話音中有逐客的意思，顯得很不客氣。

沈傲讓人放下了聘禮，樂呵呵地帶著人走了。

第一一一章
萬歲山不是山

沈傲靈機一動道：「陛下，萬歲山畢竟是假山，看上去有無數奇石怪木堆疊，但比起真正的名川來，還是差之萬里啊！」

趙佶不由地笑了起來，道：

「朕的萬歲山收集了天下的奇珍異寶，為何比不得名川大山？」

就在不久前，唐家的廂房裏一只小窗悄悄地推開一線，唐茉兒往外偷偷地看了一會兒，一旁的唐夫人低聲道：

「我的小祖宗，哪有人看男方來提親的，這要是讓人看見了，不知要怎麼取笑呢，你爹的脾氣，你還不知道嗎？他最忌諱不守規矩的，到時候又不知要吵鬧到什麼時候。」

唐茉兒抿著嘴，嘴角揚起一道弧線，微微一笑道：

「娘，我知道了，我只是看看。你看，沈公子要對對聯了，這聯真是簡單，爹爹是不是怕太難，會讓沈公子對不出來？」

唐夫人本就是個好奇心重的人，剛才還在勸，一下子噤聲了，瞇著眼湊到唐茉兒這邊，從窗縫裏往外看，笑呵呵地道：

「對出來了，對出來了，只要能對出來就好，這個沈傲，我越看越喜歡，你瞧，他穿著緋色的官袍、帶著翅帽，還真有那麼一點官樣。」

她咂咂嘴又道：「但願他和你爹不同，莫要讀書讀傻了。」

唐茉兒輕輕一笑，卻是不可置否。

等到唐嚴讓沈傲說愛慕之詞，唐夫人眼眸一亮，忍不住道：「來了，來了，不知這沈傲會怎麼說。」

唐茉兒臉上生出些許緋紅，啐了一口：「誰管他怎麼說？」

外頭傳來沈傲的聲音：「學生……見了唐才女……花容月貌……茶不思飯不想……」

唐夫人啊呀一聲，瞪圓了眼睛：「這些話虧他說得出口，我還不知道他竟有花言巧語的毛病，茉兒……茉兒……」

見茉兒沒有回音，回眸一看，唐茉兒已羞澀地回裏屋去了。

唐夫人不由地嘆了口氣，如此直白的詞兒，就是她這把老骨頭都聽不下去，更何況是茉兒了。喜滋滋地追到裏屋去，見唐茉兒對著銅鏡，卻是不言不語，便走過去道：「沈傲這個人太壞了，花言巧語的，也不知從哪裏學來的。」

唐茉兒期期艾艾地道：「娘，你不要這樣說，或許這真是他的肺腑之言也不一定。」她原想為沈傲解釋，可是這般說，更是羞急，眼見唐夫人一副得逞的笑容，臊得連臉都抬不起了。

出了唐府，沈傲又拿出一枚銅錢來，這一次有字便去楊府，無字就去尋春兒，叫大家做了見證，撒出錢去，卻是有字，大手一招：「諸位隨我到楊府去。」

翻身上了馬，隨來的人顯得有些忌憚，笑得沒有那般開心了，唐家還好說，可是楊公公是什麼人，大家都不是很了解，只知道那說書之人口中的太監大多睚眥必報，愛使奸耍猾，最不好相處的，因而心裡都膽怯了幾分。不過楊府雖大，可是拜訪過的人卻是不多，許多人都想看看，這楊府到底有什麼名堂。

這楊府比起唐家佔地要多得多，金碧輝煌、雕梁畫棟，便是尋常的公侯府邸也比不上這般氣派，楊戩穿著件圓領員外衫，一直等著人來回報，一下子有人來道：

「新姑爺出府了。」

「出府了……好，好，好……小子，你倒是聰明伶俐得很，這蓁兒還未過門，你這姑爺就叫上來了。咱家喜歡，管家，待會兒到賬房支一貫錢給他，咱家有賞。」楊戩紅光滿面。

接著又有人來道：「新姑爺先去了唐嚴唐府。」

楊戩皺眉，忍不住地道：「唐府，爲何先去唐府？這個沈傲莫非是看輕了蓁兒？哼，這是嫌蓁兒的身分沒有唐家那丫頭高嗎？咱家待會兒要好好教訓教訓他。」

去的人回報道：「這倒不是，小的聽人說，新姑爺出門時猜了枚，結果率先選中的是唐家。」

楊戩臉色這才緩和了一些，抖擻精神，不由地想，罷罷罷……咱家今次就讓姓唐的佔個先機。

再過了幾炷香，就有人來報：「新姑爺出來了，正往這邊來，這一次猜中的是我們楊府。」

楊戩聽罷，顯得有些慌，他是第一次做長輩主持這種事，忙叫人來交代道：「待會兒沈傲來了，記得叫姑爺，都記住了嗎？」

那管家忙道：「公公，這可不成，我們非但不能叫，反而對新姑爺的態度更要惡劣一些。」

楊戩愕然了一下，問道：「這是什麼緣故？」

管家苦笑道：「若是笑臉相迎，別人看見了，就會說是小姐嫁不出去，好不容易有人來提親就忙不迭地要嫁出去嗎？所以咱們的態度越傲慢，就越是看重小姐。」

楊戩恍然大悟，原來是這樣，笑嘻嘻地道：「好，好……」

到了正午，毒辣辣的陽光灑落下來，楊戩搖著扇子已是等不及了，終於有人來報：「公公，來了……來了……」

他還未喘口氣，那鑼鼓聲就傳了過來。楊戩立即打起精神，看向聲源方向，不多時，街角處來了一條迤邐的隊伍，沈傲騎著高頭大馬走在最前，身邊簇擁著黑壓壓的人。

楊戩大喜，卻總算作出幾分矜持之色，也不去和沈傲打招呼，回頭便進府，對管家道：「待會兒叫沈傲進來。」

在楊府門前落了馬，看著這座豪華大宅，沈傲不由感慨，那老丈人和這老丈人還真是不一樣啊，一個是竹籬笆牆，一個是幾進幾出的幽深庭院，這一對比，心裡便想，楊公公只怕撈得錢不少。

沈傲拿著名敕，先去向門子道：「學生沈傲前來拜謁楊戩楊老爺。」

平時有人要拜謁楊公公，門子驕橫慣了，對誰都是愛理不理，所謂宰相門前七品官，這楊公公的聲勢可一點兒也不比宰相要小。

不過今兒來的是沈傲，門子連忙笑吟吟地道：「公子稍待，小的去去就來。」裝模作樣地去遞名敕，過不多時，楊府的官家才被打發出來道：「沈公子，我家老爺有請。」

這一次隨沈傲來的人不敢造次了，一個個在外頭安靜等候。

沈傲隨管家進去，楊戩倒是沒有爲難他，也沒有出什麼題目來考校，畢竟沈傲的水準擺在那兒，楊戩雖識得幾個字，比起沈傲卻是差遠了，考他？這不是自取其辱嗎？

待沈傲送了聘禮，楊戩很矜持地將沈傲送出去，這親事也算是定下了。

沈傲出來，又翻身上馬，趕赴邃雅山房去。

先是唐嚴，後是楊戩，這最後一個春兒的舅舅，沈傲對他也只有一面之緣，且印象不好，所以雖然身旁的人喧鬧一片，他卻一點興致都沒有，這提親是不能見春兒的，教沈傲單獨去與春兒的舅舅寒暄，他心裡頭很不舒服。

總算到了邃雅山房，仍舊還是那套規矩，春兒的舅舅就在二樓的廂房裏迎客，讓沈傲鬆了口氣的是，那春兒的舅母沒有來，這便好，見了她的舅母，沈傲就氣不打一處來，不來最好，省得看著生氣。

春兒的舅舅倒是一個老實巴拉的人，見了沈傲穿著緋服進來，頓時有些激動，站又不是，坐又不是，憋了很久才說出一句話：「沈學士……請坐……」

與春兒的舅舅寒暄一番，送了聘禮，和春兒的親事也算是定了。

天已漸黑，春兒在閨閣裏是不能見的，只好怏怏不樂地帶人打道回府。

訂了親，沈傲的心也收了起來，國子監那邊可以不急著去，反倒在家裏自己做些文章，更能學到些東西；另一邊，晉王府來請了幾次，都是叫沈傲去參與蹴鞠社訓練的，沈傲回絕了，其實他的訓練方法很簡單，有吳教頭在，督促他們加緊體力鍛鍊即可，等到大賽時，點撥下戰術便不妨事。

幾日下來，眼看到了二月，寒意逐漸驅散了一些，天氣漸漸暖和起來，宮裏傳出消息，叫沈傲入宮當值，侍讀學士本就是陪皇帝做些書畫的，這是沈傲的分內事，什麼時候皇帝有了興致，便要召見。

這是皇命，他推拒不得，穿了緋服、翅帽，繫上了銀魚袋子，立即叫馬夫送他到宮裏去，結果到了宮門口，才知道官家在萬歲山，只好又沿著護城河繞過去，往東武門進宮，這東武門距離萬歲山是最近的，宮門之後，巍峨的山峰起伏連綿，頗爲壯觀。

汴京城地處開闊之地，本就沒有什麼名山大川，就是土丘也難得一見，這萬歲山乃是趙佶突發奇想，徵發民夫建的人工山，沈傲對萬歲山早有耳聞，可是想不到這人造山也如此的巍峨，皇帝老兒果然會享受。

進了東武門，沿路穿過幾道牌坊，又轉過一條長廊，穿過月洞，才到了山腳，順著山腳下的石階上去，沿路都有內侍站班，沈傲欣賞著這人造山的美景，還有沿途稀奇古怪的奇石怪木，心中一凜，原來那花石綱是主要供應給這裏所用的。

到了山腰，有閣樓、涼亭，天色還早，霧氣還未散去，薄霧籠罩著閣樓，彷彿置身於仙境，楊戩遠遠看到他，笑吟吟地打招呼：「沈學士，快來，官家正等著你呢。」

沈傲過去行了禮，一時也不知該如何稱呼的好。叫岳父？說不出口啊，叫公公，好像又有點兒失禮。

正在踟躕，楊戩似乎看出了他的心思，大喇喇地道：「我還叫你沈公子，你叫我楊公公便是。」

沈傲連忙喚了一聲：「楊公公。」

楊戩引著沈傲進了閣樓，上了二樓，這閣樓的窗臺正對著山下，從這裏看下去，山下的景象一覽無遺，薄霧之中，景物壯麗。

趙佶正在提筆作畫，聽到身後的動靜，也不回頭，口裏道：

「沈傲，你來看看朕的畫作得如何？」

沈傲走過去，這是一幅山水圖，描繪的是群山之中煙霧繚繞，山中堆滿假山奇石，讓人一看之下，就知道這畫中所作的景物是萬歲山了。

沈傲抿嘴一笑，趙佶的花鳥畫足以進入天下前三，可是山水畫卻差了許多，尤其是佈局，少了幾分疏密的層次感。

其實這和趙佶生長的環境有關，畢竟這汴京沒有什麼名山，他的一生都在汴京度過，哪裡見過什麼名山大川，不身臨其境，又如何去感受那連綿千里、峰巒疊嶂的奇異景色？

沈傲咳嗽一聲，道：「王兄是要聽真話還是假話？」

趙佶抬頷一笑：「自是要聽真話。」

沈傲搖頭道：「不好，官家的畫筆過於細膩，筆風與畫景相衝，沒有畫出山水的壯麗，反而顯得有些小家子氣了。」

趙佶也不生氣，哈哈一笑，擱下筆，帶著一絲遺憾地道：「哎，原以爲有了萬歲山，這山水之作應當會有長進，誰知還是如此。」

沈傲靈機一動，道：「陛下，萬歲山畢竟是假山，看上去有無數奇石怪木堆疊，但比起真正的名川來，還是差之萬里啊！」

「哦？」趙佶不由地笑了起來，道：「你說的這些話，朕還真是第一次聽說，朕的萬歲山收集了天下的奇珍異寶，爲何比不得名川大山？」

沈傲道：「陛下認爲這世上最好看的風景是什麼？」

趙佶捋鬚踟躕，卻是一時答不上來。

沈傲道：「真正的美景存在於自然，是上天歷經萬年之久精心雕琢而成，至於這萬歲山，雖收集了無數的珍寶，可是在沈傲看來，更像是個矯揉造作、胭脂粉底的婦人，雖作出百般妖嬈，卻終究還是落了下乘。」

趙佶沉思，覺得沈傲的話頗有道理，心裏不由懊惱，自己讓人將花石從各州路運到汴京，原來竟還是比不上那些渾然天成的風景。想著想著，便頷首點頭道：「沈傲說得不錯。」

趙佶去淨了手，與沈傲坐下說話，沈傲深知花石綱的壞處，心知一時也說服不了趙佶，於是乾脆說些各地名川大山的風景，他在前世所見識的名山不少，一個個盡力描繪出來，口若懸河。

趙佶聽得極爲認真，忍不住感慨道：「若有機會，朕倒也想見識見識這般的美景。」

沈傲心念一動，不由自主地道：「陛下偶爾出去散散心，巡幸天下也是好的。」

趙佶搖頭苦笑：「巡幸的糜費太大，這往來接送，只怕驚擾了百姓。」

沈傲心裏忍不住破口大罵，驚擾百姓，你的花石綱那才是真正的擾民，一塊石頭，原本不值幾個錢，從嶺南等地運來，沿路的花銷便要數千貫之多，還要佔用道路和河道，那些使者們一路的吃喝才教糜費驚人。這萬歲山中的奇石何止千萬，單這筆花銷，就足夠掏空你的國庫了；虧得你還好意思說擾民兩個字。與其去弄花石綱，還不如抽空到處走一走，花的錢或許還少一些。

沈傲微微一笑，便不再說話了，有些話現在說起來還不成熟，急於求成只會適得其反，對於這種心理的掌握，沈傲還是很精通的。

不多時，有內侍進來道：「陛下，禮部那邊的上疏來了。」

趙佶皺了皺眉，頗覺厭煩地道：「呈上來。」

那內侍將奏疏遞交給楊戩，楊戩將奏疏交在趙佶手中，趙佶展開奏疏看了看，臉色更是晦暗不明，待將奏疏看完，忍不住道：「契丹人這是借機發揮，哼……」他雖是冷

哼，卻沒有再說下去。

沈傲見他臉色不好，按規矩，他只是書畫院侍讀學士，國政是不能過問的，於是站起來道：「陛下，微臣告辭。」

趙佶招招手，道：「你不必走，就坐在這裏。」他似是想了想，將奏疏交給沈傲道：「你來看看。」

沈傲一時有些激動，按道理，這是朝務，是政治，趙佶將這緊要的奏疏給自己看，是對自己的信任，另一方面，只怕趙佶也是想聽聽自己的意見。

原來是遼國的使臣四天前已經抵達汴京，正與禮部商討歲幣的事宜，這歲幣，乃是當年宋遼開戰的產物，遼國在初期屢屢進犯中原，宋真宗以寇準爲相，竭力抵抗，並且取得了保衛戰的勝利。遼國見宋朝一時難下，於是乾脆選擇議和。這議和最後議出來的就是這歲幣，當時規定，宋朝每年贈送絹二十萬匹和銀十萬給遼國，以換取兩國的和平。

絹二十萬和銀十萬，對於當時的宋朝來說並不算多，每年也送得起。只不過這個先例一開，遼國自是獅子大開口，年年滋事，要求增加歲幣，到了如今，這歲幣已高達絹八十萬，銀六十萬。若這還是太平盛世時倒也罷了，可是現在朝廷因爲前幾年圍剿方臘，再加上趙佶奢靡無度，國庫已是十分緊張，原本拿出這筆歲幣已是相當不容易。

可是這一次，遼國的使臣昨夜卻鬧出了一齣事故，這使臣帶著奴僕去汴河花船遊玩，上了船，恰巧與上高侯發生了衝突，這上高侯也是汴京城中的顯貴，哪裡受得了氣，一怒之下將人打了，遼國使臣倉皇回到萬國館，受了些小傷，除此之外，一個隨來的奴僕也被打死。

鬧出這樣的事，到了今日清早，使臣立即去禮部，以受辱爲名，要大宋交出打人的凶手上高侯，此外還要求追加八十萬銀的歲幣，方能罷休。

上高侯家世不小，其母乃是神宗皇帝的三女，如此顯赫的身分，豈能說交出就交出？更何況，這使臣借此機會要求追加歲幣，平白又添了八十萬銀，相當於八十萬貫錢鈔，如此巨額的數字，也是讓人難以接受的。

「這使臣莫非鑲了鑽石，挨頓打就要八十萬貫？」沈傲心裏暗暗腹誹一番，繼續去看禮部那邊的注解，一般奏疏，都分爲兩個部分，一部分是道明事情的原委，下部分則是該部堂的意見，如此一來，皇帝看了意見，便能作出更好的決斷。

禮部的意思是可以和遼國使臣再商量，所謂徐徐圖之，就是盡量把他的要求壓低一些，比如不交出上高侯，再將八十萬銀壓低到三十萬。沈傲將奏疏放下，心裏總算明白趙佶爲何爲難了，遇到這麼個檔子的事，這皇帝當的也太憋屈了一些。

抬眸看了趙佶一眼，見他又怒又憂，板著臉左右爲難，似在猶豫。

此時的大宋朝，在遼人和西夏人眼裏，明顯是屬於那種人傻、錢多、速來的敲詐對象；而造成這種狀況的根源，倒並不是大宋天性軟弱，這其中，已經涉及到了根本利益的問題。

對於西夏和契丹人來說，他們主要的生存方式不是生產，而是掠奪，也即是由於生產較爲落後，因而掠奪所得取的利益反而更大。可是大宋朝卻不同，由於生產水準較高，其富裕程度自不是契丹、西夏人可比，在和平的環境之下，生產所創造的價值已足夠享用。

而一旦發生戰爭，勢必要招募壯丁，如此一來，大量的生產人口去參與戰爭，反而會連累生產下降；況且戰爭所帶來的巨額軍費，往往超過數百萬貫之多，若是勝了，也掠奪不到多少財富，可是一旦戰敗，損失便是難以估計。

在這種情況之下，求和是朝廷最無奈的選擇，每年輸出歲幣，雖然名義上不好聽，卻是最小的利益止損辦法，可一旦開戰，所遭受的利益損失便難以計數了。

沈傲看到那禮部的批語，雖然覺得禮部骨頭有點兒軟，卻也知道這是當下最好的解決途徑，兩國交惡，又豈是八十萬銀所能彌補？

趙佶想必也十分清楚這一點，因而臉色雖然差極了，一雙眼眸殺機騰騰，卻最終嘆了口氣，苦笑道：「朕還是先作畫吧，楊戩，你將這奏疏送回禮部去。」

楊戩接過奏疏，一般奏疏送回，這便是是說皇帝已經知道了，如何辦，禮部自己斟酌。

沈傲笑了笑，心裏不知怎麼的，很不舒服，從前覺得很噁心的事發生在自己面前，雖然可以諒解此時趙佶的苦衷，可是總是覺得心裏怪怪的。

正在楊戩準備下樓的刹那，沈傲突然道：

「陛下，這件事不如讓微臣來處置吧，微臣倒是知道一些契丹的風俗，或許可以與那契丹使臣斡旋一二。」

「你？」趙佶愕然了一下，隨即搖頭苦笑，沈傲的作風過於隨性，契丹不是泥婆羅，讓沈傲去交涉，若是將契丹使臣打了，那可大大不妙。

趙佶正要回絕，可目光觸及沈傲的眼眸那一刻，卻令趙佶不由地又猶豫起來，他看到沈傲清澈的眼眸中有幾分自信，這自信在那些與契丹人交涉的禮部官員中是從未見過的，他該相信沈傲能辦好這件事嗎？

趙佶心不在焉地坐下端起茶盞，幽幽地深思起來，過了片刻，才道：「傳朕的口諭，命沈傲爲欽差，與契丹國使交涉，兩國一應斡旋，由侍讀學士沈傲處置。」

沈傲連忙道：「臣遵旨。」

叫一個侍讀學士去干涉契丹國事務，這是大宋有史以來前所未見的事，趙佶作出這個決定，可也不容易啊！深深吸了口氣，反倒有種如釋重負的感覺，深望了沈傲一眼，道：「記住，莫讓朕失望。」

沈傲慨然道：「請皇上安心，微臣一定不負使命。」

第一一二章
騎虎難下

耶律正德叫囂了一陣，卻仍舊無人理會，直到這時，他心裏才有些慌了，
大宋朝轉變得太快，讓他始料未及，這背後是不是出了什麼變故？
如今騎虎難下，大話已經放出，三日之期轉眼即到，到時自己的使隊當真回國？

下了萬歲山，楊戩一路送過來，滿口埋怨道：

「沈傲啊沈傲，你這不是將麻煩往自己身上攬嗎？這契丹國使最是囂張跋扈的，打不得、罵不得，還得盡在他面前說好話，別人推之不及，你倒好，直接將麻煩攬上來。」

沈傲不與他爭辯，只是道：「楊公公放心，沒有事的，這契丹國國使聞名已久，我也很想去見見。」

楊戩嘆了口氣，事到如今，再勸也沒用，便道：「你好自為之吧。」

沈傲到了禮部，這邊皇帝的口諭已經先一步傳來，禮部尚書聽說陛下要讓欽差來署理此事，先是心裏一鬆，感覺這如山的重擔總算卸下，心裏正要慶賀一番，誰知欽差竟是沈傲，一時臉都綠了。

契丹國使地位超然，可以說這汴京城中，就是皇子也絕不敢如他們這般跋扈；人家囂張，也是有理由的，契丹國使代表的是整個契丹，只要大宋一日避戰，契丹便有足夠的理由蠻橫下去，誰也不敢招惹。

在得知欽差原來是沈傲的那一刻，禮部尚書楊真不由地愣了半晌；沈傲？那個監生沈傲？這個人他不但見過，而且他的事跡可謂知之甚詳，尤其是那棒打泥婆羅王子的事，讓他至今記憶猶新。

這樣的愣頭青，居然也敢來與契丹國使斡旋？一個契丹國使已足以讓人頭疼了，再加上一個唯恐天下不亂的傢伙，只怕不出三月，宋遼兩國非要兵戎相見不可。

楊真聽了宮裏的傳報，剛要撫額稱慶，等到沈傲兩個字聽入耳中，差點一下子沒有背過氣去；好不容易緩了口氣，就聽門丁來報：「侍讀學士沈傲求見。」

楊真苦笑，努力地擺出幾分威嚴，捋鬚道：「請他進來。」

沈傲大喇喇地進來，剛要施禮，楊真連忙離座攔住，說起來這二人的關係倒也複雜，禮部管著國子監，國子監管著監生，沈傲就是監生，按道理，沈傲在楊真面前，該自稱學生。可另一方面，沈傲是侍讀學士，在楊真面前，應該自稱是下官，只不過沈傲現在又有一重使命，身為欽差，代表的則是皇帝，所以這二人之間相見，倒是顯得尷尬。

「欽差大人不必多禮。」楊真與沈傲客氣一番，讓小吏端上茶盞，沈傲開門見山，問起契丹國使的事。

楊真道：「這契丹國使，來歷也不小，乃是遼國宗室，漢名叫耶律正德，此人原是遼國禁軍的將軍，卻不知如何，那遼國國主派了他來出使，依老夫看，這應當是遼國國主要向我們示威。」

楊真畢竟是老官僚，對這等外交事務分析得頭頭是道：

「所以那國使抵京，老夫就覺得今年只怕不會太平，勒令人嚴防鬧出事故來，誰知千算萬算，這事兒還是出了，契丹正好借機向我們索要更多的歲幣；不過，這事也讓人奇怪得很，在往年，遼國發生了災荒，才會派人來挑釁，再以此為藉口增加歲幣。可是今年根據老夫得來的消息，遼國南院幾個道都是大豐收，他們如此急切著要增加歲幣，不知又是什麼緣故。」

沈傲點了點頭，事情差不多清理出來了，遼國出了事，但是到底是什麼事，誰也不清楚。所以契丹人這一次來窮凶極惡，獅子大開口。誰知惹到了上高侯，上高侯火了，於是與那契丹人廝打起來，畢竟這裏是大宋的地頭，上高侯是地頭蛇，痛毆了契丹人一頓，他們抓住這次機會，更是索要無度，將歲幣差不多翻了一番，還放出消息，不答應條件，兩國就要交戰。

楊真不無憂慮地道：「契丹人來勢洶洶，切不能與他們動蠻，既是交涉，能退讓的就退讓幾分，大家有了台階，這仗就打不起來；欽差以為呢？」

沈傲不置可否地笑了笑，撇開話題道：「不知上高侯在不在？」

楊真道：「已經讓人去叫了，立即就到，契丹人叫我們交出肇事凶手，哎，別人倒也罷了，上高侯是斷不能交出去的。」

等了半炷香時間，門子來報：「上高侯來了。」

門子前腳剛走，上高侯便大喇喇地進來，他略莫二十來歲，比之沈傲也不過年長一些，虎背熊腰，一臉的凶悍，走起路來虎虎生威，濃眉之下，一雙環眼在廳中逡巡，甕聲甕氣地道：「不知大人叫本侯來，所爲何事？」

楊真心裏叫苦，先請上高侯坐下，上高候看見沈傲，便道：「我認識你，你是沈傲沈才子！哈哈，想不到今日在這裏撞見，祈國公府上的酒宴，我就坐在外廳裏，還和你喝了一杯，沈才子是否還記得？」

沈傲對這傢伙倒是有印象，笑呵呵地道：「記得，記得，侯爺風采依舊啊。」敘了一會兒舊，倒是將楊真晾到了一邊，沈傲突然板起臉道：「侯爺，我問你，昨夜你去哪了？」

上高侯一愣，道：「上了花船。」

沈傲又問：「是不是與人發生了衝突？」

上高侯撇撇嘴，道：「沈才子如何得知？昨夜遇到了幾個不識相的遼人，本侯爺看著生氣，打了他們一頓。」

事情的原委打聽出來了，原來是上高侯與幾個朋友去花船喝酒，請了個歌女唱曲兒，正是酒酣耳熱的時候，有幾個遼人突然衝進去，說是這花船上最好的姐兒便在這裏，要叫這歌女隨他們去，上高侯平時不惹別人就不錯，哪裡受得了這個氣，再加上這

位侯爺的祖先本就是開國公，和遼人是打過仗的，自小就看不起遼人，自是叫罵了幾句。

這幾個遼人開始時還用幾句半生不熟的漢話與上高侯相互咒罵，到了後來，便嘰哩呱啦地說契丹話了，伸手就要拔刀子。

事情到了這個份上，上高侯帶著幾個夥伴衝過去，繳了他們的刀，一陣拳打腳踢，隨即揚長而去。

花船上打個人，對於這小侯爺來說並算不得什麼大事，因而今早禮部的人來叫，他還不知道到底發生了什麼事，直到沈傲問起，再看一旁的楊真板著個臉，心裏明白了，估計昨夜自己打的人來頭不小，滿是忿忿道：

「他們若是不拔刀，本侯爺斷不會對他動手，沈才子，你說是不是？」

楊真在旁帶著苦笑插口道：「侯爺，你闖下大禍了。」

上高侯怒道：「闖什麼禍，難道教契丹人拔刀把我殺了，這才不闖禍嗎？這是什麼道理？」

楊真吹鬍子瞪眼道：「你……你……」一時說不出話來了，上高侯的做法無可厚非，真要是一場官司，上高侯也佔住了理，畢竟是契丹人先動手，還動了刀。

沈傲在旁道：「楊大人不必上火，這事嘛……」沈傲頓了頓，道：「侯爺做得很對，這契丹人到了咱們的地盤竟還敢如此囂張，是該給個教訓。」

上高侯大喜，很是興奮地道：「跟我動刀子，也不看看本侯自小就是練槍棒的，幾個人都難以近得了身！沈才子，下次有機會，本侯給你耍耍看。」

「一定，一定，不過耍槍棒沒意思，有了對手打起來才好看。」沈傲大笑著道。

上高侯眼眸一亮，真是人不可貌相啊，沈才子原來也有這種喜好，便道：

「金蓮坊，沈才子知道嗎？那裏的番商是最多的，這些人最不守規矩，沈才子要看，下次本侯帶你去，遇到幾個不長眼的，就讓沈公子看一場好戲。」

楊真想不到沈傲竟幫著上高侯說話，更是氣極了，道：「沈學士，你莫忘了，你是欽差，是官家叫你來安撫遼國國使的，你……你……」

沈傲想起來了，原來自己是欽差，連忙正色道：

「上高侯，你可知罪嗎？你知不知道，你昨夜打的，乃是遼國的使臣，哼，真是豈有此理，遼國的國使是能打的嗎？你的行跡實在太惡劣了，本欽差非要嚴辦你不可。」

上高侯啊地一聲：「原來那人是國使？」

沈傲繼續道：「你現在才知道？後悔已經晚了，哼哼，你無故毆打國際友人，罪無可恕，現在本欽差罰你立即回家去，面壁思過，三天之內不許飲酒，不許會客，什麼時候想清楚了自己錯在哪裡，才能走出門去。」

上高侯嘿嘿一笑，果然是罪無可恕，三天不許飲酒、會客，還真教小侯爺不自在，連忙作出一副伏法狀：「是，是……」

楊真在旁對沈傲道：「欽差，判得太輕了，需叫侯爺親自去萬國館，給契丹國使道歉，如此，我等才有迴旋的餘地，叫契丹人息怒。」

上高侯聽罷，大怒道：「道歉？楊大人，你這話是什麼意思？」

沈傲連忙拍著上高侯的肩：「楊大人是開玩笑的，本朝的侯爵去給契丹蠻子道歉，這是有辱國體的事，楊大人怎麼會分不清輕重。」

楊真冷哼一聲，道：「沈欽差，你葫蘆裏到底賣的是什麼藥，上高侯毆打了契丹國使，你爲何百般維護於他？」

沈傲這一下也火了，橫眉道：「楊大人，本欽差維護的是我們大宋的威嚴，又何止是維護上高侯？反倒是你，食的是君祿，又爲何百般爲契丹人說話？」

論起耍嘴皮子，楊真豈是沈傲的對手？沈傲這一詰問，讓他一時無法應對了，攤開手道：「兩國交戰，生靈塗炭，沈欽差，這大宋朝就是賺了再多的臉面又有何用？現在叫上高侯去道個歉，再徐徐與那國使周旋，總不至將一件誤會鬧到水火不容的地步。」

沈傲撇撇嘴：「大人放心，我擔保契丹人不會動兵。」

上高侯在旁火上澆油：「就是動兵，我們也不怕他，自古兵來將擋水來土淹，豈有不戰先懼的道理。」

楊真嘲弄地道：「如此說來，倒是老夫杞人憂天了？」

沈傲板著臉道：「楊大人，這裏到底是你說了算還是我說了算，皇上委託我全權處置契丹之事，莫非你要抗旨不遵嗎？」

還沒有和契丹人接觸，這內部就已經吵得不可開交，無可奈何，沈傲只好祭出皇帝來，楊真嘆了口氣，果然不再多嘴。

沈傲繼續道：「從現在起，契丹國國使若是再來禮部滋事，楊大人不必見他。」

「不必見他？」楊真不由自主地怔了一下，道：「沈欽差，若是不見，總要有個理由吧。更何況他是國使，豈能說不見就不見的？真要鬧起來，只怕又多了一場紛爭。」

沈傲不容置疑地道：「不見就是不見，他不是要討個公道嗎？叫他去刑部去大理寺，反正只要他願意，他愛去哪裡就去哪裡，沒有我的准許，誰也不許見他。」

撂下了這一番話，沈傲也板著臉對上高侯道：「上高侯，你既已知罪，還不快回去面壁思過？哼，你看看你做的好事，下次再犯，絕不輕饒。」

上高侯笑嘻嘻地道：「是，是，下次問明了再打，啊……不對，打人總是不好的，只要他們不拔刀，還是以和爲貴的好。」說著，告辭回去，面壁不提。

楊真不無憂慮，忍不住地道：「沈欽差，你可要想好了，真要惹怒了契丹人，大宋

也要讓你連累。」

沈傲自然明白戰爭是什麼，擺擺手道：「楊大人不必再說了，你的心思我明白，不過我自有主張，我現在只能給你一個承諾，這場仗絕對打不起來。」

沈傲的話，楊真只能信一半，可也無可奈何，嘆了口氣，便專心喝茶去了。

時間不早，沈傲也告辭走了。

萬國館的一處院落，七八個契丹武士守衛著一處庭院，這庭院的槐樹下，一個膚色白皙的中年男子舉著書卷聚精會神地看著，他生得頗爲英武，狹長的眼睛，鷹鉤鼻，嘴角略薄，微一彎起，猶如那饑渴的惡狼，有種讓人望而生畏的氣息。

中年男子屏息沉眉，完全沉浸在書卷中，對周遭的事物充耳不聞。身畔的武士亦是個個虎背熊腰，猶如磐石。

過不多時，一武士匆匆過來，低聲在中年男子的耳畔密語了幾句，中年男子只微微頷首，依舊認真地看著手上的書，足足過了一盞茶功夫，他才將書卷放下，對武士道：

「請汪先生過來。」

這一句乃是契丹話，武士應了一聲，去隔間領了個儒生過來，儒生身材碩長，戴著綸巾，一襲圓領青衫略顯得有些寬大，舉步之間，這儒生倒有幾分寵辱不驚的氣度，見了中年男子，連忙行禮道：「小人見過耶律將軍。」

看書之人正是遼國國使耶律正德，耶律正德頗有幾分禮賢下士的風采，笑呵呵地道：「汪先生不必客氣，來，坐下說話。」

汪先生欠身坐下，笑道：「怎麼，將軍也喜歡看詩冊？」

耶律正德道：「你們南人愛寫詩，這詩詞能陶冶人的心志，有閒時，我也喜歡看看。」話鋒一轉，臉上又隱現倨傲之色：「不過，光憑作詩又有什麼用，不會騎馬弓術，到頭來還不是要和我們契丹人言和？就是這些詩詞，讓你們南人都變成了軟骨頭；就是李白杜牧在世，也擋不住我們契丹人的利箭。所以這些詩詞看看也就是了，切不可沉醉其中，否則貽害無窮。」

汪先生笑道：「正是，正是，將軍一言中的，讓人深思。」

耶律正德正色道：「我叫汪先生來，是有一事與先生商討。汪先生是南人，對南人的心思最爲瞭解，上一次，我和我的隨從受人毆打，這幾日，我去禮部要與那楊尙書商談賠償之事，那楊尙書前幾次還滿口答應，說是一定給我們契丹人一個交代，可是這幾次去，卻都閉門謝客，還說既是官司，便不歸禮部處置，這是什麼緣故？」

汪先生聽到耶律正德向自己問策，臉上浮出幾分得色，甚感榮幸。仔細聽完耶律正德的話，皺眉道：「將軍，會不會禮部害怕擔干係，所以故意推諉？既是如此，何不去刑部問一問？」

耶律正德眼眸中浮現出怒色，咬牙切齒地道：「我何嘗沒有去過，到了刑部，刑部卻說此事涉及到了上高侯，刑部無權審判，應當去大理寺交涉才是。結果我去了大理寺，大理寺卻又說這涉及到宋遼兩國的邦交，應當去禮部斡旋。這幾日，我跑遍了汴京城七八個衙門，卻是無人出來交涉，哼，你們南人的花花腸子多得很，這莫不是故意要給我難堪？」

汪先生臉上始終帶笑，彷彿耶律正德一口一個你們南人和他沒有干係一般。他見耶律正德一臉怒意，連忙道：「將軍，如此看來，南人是想拖延時日，故意要淡化此事。」

耶律正德頷首點頭道：「我也是這樣想，單他們這般推諉，也不知要等到什麼時候才與我交涉，眼下陛下急著等這歲幣前去支度軍餉，若是再拖延下去，於我們大大不利。」

耶律正德臉上的怒色轉為擔憂之色，道：「更何況，南人的態度劇變，不知到底是何緣故，可是急切之間又查探不出，汪先生，不如這樣，我們能不能暫且先將追究上高侯的事放到一邊，只問增加歲幣之事如何？」

汪先生搖頭道：「不可，不可，若是如此，則顯得大遼師出無名了。上高侯的事一定要追究，等我們漫天要了價，南人不願交人，才肯在歲幣上作出讓步。」

耶律正德點點頭：「汪先生說的是。我還聽說南人的國主敕了個欽差，全權督辦與我們交涉的事務，不知這幾日南人態度的轉變是不是和這欽差有關。此人好像是叫沈傲，不知汪先生可有印象？」

「沈傲？」汪先生愕然了一下，道：「將軍，學生在奉聖州時就聽說過此人的才名，這人可不好對付，說不定近日的許多事都是他慫恿的。」

耶律正德皺起眉，怒道：「什麼才名，不過是個會耍奸弄滑的南狗，哼，我派人打聽之後，倒是想去和他交涉，誰知此人無禮之甚，說和上高侯的官司一日不除，就不與我交涉，叫我去刑部先瞭解了官司再說。」

汪先生道：「將軍切莫小看了此人，此人狡詐得很，最是喜歡不按常理出牌，這南人的坊間流傳了他許多的事跡，不少人都在他手裏吃過虧，將軍一定要小心提防。」

他略一沉吟，又道：「眼下是一場僵局，就看誰先忍不住跳出來。南人畏戰如虎，只怕比將軍更加心急。不如這樣，將軍可以放出消息去，就說將軍三日爲限，若是南人不給將軍一個交代，將軍立即返國，到時再和他們兵戎相見，且試探試探他們的反應。」

耶律正德頷首點頭：「也只有如此了，不嚇嚇這些南蠻子，他們還真當契丹人好怠慢。」

商議已定，耶律正德的心情愉悅起來，道：「汪先生大才，以先生的才幹，我打算待歸國之後，向南院大王舉薦先生，南院大王統管燕雲南人，正需汪先生這般經天緯地又對我們契丹人忠心耿耿的人才。」

汪先生大喜，忙道：「謝將軍栽培。」

耶律正德道：「先生先去歇了吧。」

待汪先生走了，耶律正德便用契丹話吩咐身側的武士道：

「你們立即傳出消息去，措辭嚴厲一些，若是南狗不給我們一個交代，哼哼……那就只好用弓馬來說話了。」

武士領了命令，立即去了。

耶律正德笑了笑，好整以暇地又坐回槐樹之下，捧起石桌上的書卷來看，一邊看還一邊忍不住朗讀起來：

「問世間情是何物，直教生死相許。天南地北一起飛客，老翅幾回寒暑。歡樂趣，離別苦，就中更有癡兒女……好，好詞，這詞兒應該帶回中京去，給陛下看看，陛下一定歡喜得很。」

他雖是眉飛色舞，可是眼眸的深處，卻有一股淡淡憂慮，不時地瞥向北方。

這一日，沈傲用罷午飯，周正叫他去書房問：「據說官家教你做了欽差，干預宋遼外務？」

沈傲點頭稱是。

周正吁了口氣，捋鬚無語，當今的天子和歷代先皇都有所不同，陛下用人只看親疏，得了聖眷，蹴球的可以做太尉，還親自設一個太師讓蔡京總攬朝務，太監可以領軍，可以開府，這都是前古未有的事。

沈傲身爲書畫院侍讀學士，讓他欽差遼國事務，真是且喜且憂，教周正唏噓。

劉文急匆匆來稟，道：「表少爺，禮部尚書楊真、禮部主客郎中吳文彩求見。」

吳文彩？沈傲倒是記得此人。算起來，他還是自己同窗的爹，便對周正道：「姨父，我去會客了。」

周正擺擺手，撿起一本書去看，卻顯得有些心不在焉。

到了正廳，沈傲剛剛跨過門檻，便看見楊真和吳文彩二人在廳中急得團團轉，吳文彩最先看見沈傲，面露苦澀之色地迎過來：

「沈欽差……沈欽差，大事不好了……」

沈傲好整以暇地坐下，又讓人上茶，慢吞吞地喝了口茶才道：「兩位大人不必慌張，有什麼事，好好說就是。」

楊真怒道：「現在遼使已放出消息，三日之內不給他們一個滿意的交代，兩國就要兵戎相見，沈欽差，你非要挑起兩國紛爭才罷休嗎？這刀兵一旦動起來，邊陲定然四處烽火，父親要死兒子，兒子要失去父兄，實話和你說了吧，這幾年國庫已然空虛，真要開戰，你就是我大宋千古罪人。」

沈傲笑道：「楊大人不必生氣，契丹人不是還沒有宣戰嗎？依我看，他們也只是嚇唬嚇唬我們而已，越是這個時候，我們越不能示弱。」

楊真怒氣更盛，道：「哼！這是什麼話，人家已揚言動兵，欽差還如此怠慢，真到了無可挽回的地步，看你如何收場！」

楊真說罷，拂袖要走，吳文彩連忙拉住楊真，道：「楊大人息怒，息怒，沈欽差智計百出，一定另有想法，何不聽他把話說完？」

楊真氣呼呼地道：「有什麼好聽的，任他胡鬧去吧。」不願再多留半刻，氣呼呼地走了。

吳文彩對著沈傲苦笑道：「沈欽差，下一步，我們是不是與遼人洽商？」

沈傲冷笑道：「商個屁，放出消息去，遼人要開戰，好極了，他要打，我們奉陪到底，我倒要看看，他們憑什麼開戰。」

吳文彩給嚇得不敢做聲，心裏在想，這話放出去，依著遼人的強勢，這仗恐怕不可避免了！只是他處事較爲圓滑，並不當面反駁沈傲，徐徐漸進地誘導道：

「沈欽差，陛下的意思也是能和議便和議，不可妄動兵戈啊。」

沈傲道：「吳大人這就不懂了，退步是爭取不到和平的，哎，這些事還是不說了，等消息吧。」

耶律正德叫囂了一陣，卻仍舊無人理會，直到這時，他心裏才有些慌了，大宋朝轉變得實在太快，讓他始料未及，這背後，是不是出了什麼變故？如今騎虎難下，大話已經放出，三日之期轉眼即到，到時自己的使隊當真回國？

左思右想，耶律正德那篤定從容的氣度再也裝不下去了，立即讓人出去四處打聽，又去尋一些親遼的宋朝官員許諾好處，讓他們從中斡旋。可是得來的消息大多很零散，說來說去，還是繞到了這沈傲身上。

這個沈傲，到底在故弄什麼玄虛，莫非這南人當真不怕大遼了嗎？耶律正德與汪先生密議，到了第三日，下定了決心，要親自登門去拜訪，會一會這沈欽差。

當日夜裏，耶律正德備好了禮物，又讓人先去周府遞上名帖，整裝一番，只帶著兩個親信武士，會同汪先生一道抵達周府。

門子見來的是遼人，一時也有些著慌，飛快地進去通報。

待門子出來，道：「我家表少爺說了，遼國使臣，他沒有聽說過，表少爺還說，他是一個讀書人，最怕見生人的，所以諸位請回吧。」

耶律正德冷哼一聲，強壓住怒火。

一旁的汪先生賊兮兮地將門子拉到一邊，往他手裏塞了一塊銀子，低聲道：「勞煩兄台再進去通報一聲，就說國使有要事相商，十分盼望與沈公子相見。」

門子很是爲難，道：「其實我家表少爺現在就在會客，諸位只怕得要等等。」

「會客？會什麼客？」耶律正德的臉色越加難看，他堂堂遼國國使來了，是什麼客人如此重要，以至於這沈傲要將自己晾到一邊。

門子看了手上的銀子一眼，沒有多想，便道：「那模樣長得也很像你們契丹人，神神秘秘的……」

模樣像契丹人？耶律正德眼眸閃露出一絲疑色，契丹只有一個國使，莫非是契丹商人？不，斷不可能，契丹商人難道比我這國使還要尊貴？莫非……

耶律正德突然想到了一個最壞的可能，不覺間冷汗直流，在這暖和的天色裏不由自主地打了個冷戰，咬了咬牙道：「我身爲契丹國使，哪裡有在旁等候的道理。來，隨我衝進去。」

身後兩個武士應諾一聲，隨著耶律正德衝進去，門子攔不住，便拉住汪先生，道：「你……，你們要做什麼，這可是私宅，是祈國公府，你們是要造反嗎？」

「造反？」汪先生不屑地冷笑一聲道：「我們是契丹使節，又何來什麼造反，讓開！」

耶律正德帶著人，如沒頭蒼蠅一般在公府裏橫衝直撞，幾個下人來阻攔，見契丹武士拔出了刀，也不敢再阻攔了，只好遠遠尾隨，讓人守住內院的入口，莫讓他們驚擾了女眷。

耶律正德拉來一個人，劈頭便問：「快說，沈傲在哪裡？」

下人給嚇得面如土色，期期艾艾地指著一個方向道：

「在正廳會客……饒……饒命……」

哼！耶律正德放開他，加快腳步，急促促地趕至正廳。

第一一三章
百無一用是書生

沈傲提起筆在紙上寫道：「百無一用是書生。」

擱下筆，心裏嘆了口氣，這些傢伙雖是滿腔的熱血，

卻是在害江南西路的災民，他們尚且還不自知，

隨即又想，若換作是我，我會採取什麼辦法呢？

這正廳的建築雄偉，是最好認的，跨入門檻，耶律正德便高聲道：「沈公子，鄙人遼國使臣耶律正德拜謁，失禮之處，還望海涵。」眼睛立即在廳中逡巡，希望看到這沈傲到底會的是什麼客人。

讓耶律正德失望的是，這廳中只有一個俊美的少年正慢吞吞地喝著茶，至於那神秘的客人已經不見了，不過在沈傲的對案，恰好放著一杯未喝完的茶盞，想必這客人也只是前腳剛走。

他心中略略有些失望，上下打量起沈傲來，沈傲很年輕，年輕得讓他難以置信，身上穿著件便服，難掩身上逼人的貴氣，怎麼看，都像是個南人的貴公子，卻和欽差搭不上邊。

耶律正德心裏冷笑：「早在北國時，就聽說南人國主荒淫，盡信奸佞小人，踢蹴鞠的掌軍馬，閹割了的太監鎮邊關，想不到竟是叫個毛頭小子來交涉外事。」

耶律正德不屑地瞥了沈傲一眼，不等沈傲客氣，大喇喇地坐下，虎目一張，兇神惡煞地道：「你們南人都說自己是禮儀之邦，公子身爲貴國欽差，爲何如此慢客？」

沈傲似是對耶律正德的突然到來並不以爲意，微微一笑，也去打量耶律正德，這個耶律正德瞧身材倒像是個武夫，可是這言辭，只怕不止是武夫這麼簡單。

沈傲慢吞吞地道：「國使果然懂得先發制人的道理，明明是你失禮闖入私宅，反而責怪學生失禮，是否太過了些。」

這時那汪先生踏步進來，笑呵呵地道：「不管如何，總是沈欽差失禮在先。」

沈傲望了汪先生一眼，不露聲色地問：「敢問這位先生是誰？」

汪先生道：「學生姓汪，單名一個義字。」

沈傲冷笑：「我還道先生姓耶律呢，原來還知道自己姓汪。」

這一句話自是諷刺汪義背宗忘祖，汪義卻只呵呵一笑，不以爲意。

臉皮真厚啊，這才是真正的人不要臉則無敵！沈傲心裏感嘆一句，開門見山地道：「不知國使來訪，有什麼事嗎？」

耶律正德正色道：「自是那上高侯毆打我和我的從人的事，我們是國使，你們南人竟拳腳相加，這是什麼道理？今日若是不給我一個交代，哼哼，只怕對兩國邦交不利。」

咦，這位國際友人倒是真會顛倒黑白，明明是他們先動手，打輸了居然還如此張狂。

沈傲咳嗽一聲：「不知會怎麼個不利法。」

耶律正德見沈傲是個毛頭小子，哪裡將沈傲放在眼裏，惡狠狠地道：「輕則兩國斷絕交往，重則刀斧相向，沈欽差可要思量清楚了。」

沈傲嘿嘿一笑，終於進入正題了，噢了一聲，一副漫不經心的樣子道：「國使大人息怒，些許小事，怎麼能說斷交就斷交？你知道，咱們大宋一向是與鄰爲善的。」

耶律正德冷笑：「那就交出凶手，增加歲幣，否則我們誓不罷休。」

沈傲喝了口茶：「是，是，是，凶手嘛，我們已經懲戒了，本欽差親自發落了上高侯。至於歲幣，嘿嘿，這也好說，不過這歲幣一時也籌措不出。不如這樣吧，耶律國使就辛苦一趟，回去稟告你們的國主，就說大宋朝的歲幣，已經許諾給了金人，你們要拿，自己去取。遼國雄兵百萬，乃是北方第一強國，金人只是小小蠻夷，以遼軍的虎威，金人一定束手就擒，到時莫說是增加八十萬銀的歲幣，就是再翻一番，我們大宋咬緊了牙關，也要籌措出來請貴國笑納的。」

金人……

耶律正德眼眸掠過一絲怒色，暗暗吃驚，冷冷道：「金人對我大遼來說不過疥癬之患，不足掛齒，沈欽差莫要誤判了時局。」

沈傲呵呵一笑，若真是疥癬之患倒也罷了，此時的金人已經勢如破竹，兵圍遼國首都上京，若是他記得沒有錯，再過一年，遼國就要滅亡。只是在這個時候，消息較爲閉塞，況且滿朝的文武仍然對遼人十分畏懼，仍然認爲契丹人還是數十年前那叱吒千里，無人可擋的契丹，卻不知道，這遼國一旦衰落，便是一泄千里，在數年之間，已被金人打得落花流水。

這次，耶律正德前來索要歲幣，無非是想大賺一筆，籌措抵抗金人的軍費罷了：不出沈傲的預料的話，金國的使臣應當很快就會抵達汴京，與大宋聯絡滅遼的事務。

契丹人將要窮途末路，居然還不忘從宋朝身上大撈一筆，當真是可笑又可惡得很。

沈傲微微一笑，道：「疥癬之患嗎?那好極了，怕就怕國使大人回到了上京，那上京已落入金人鐵蹄，哼哼，實不相瞞吧，方才我的客人，便是金國的使臣，要約同我大宋一道夾攻貴國，到了這個時候，國使還要盛氣凌人嗎？」

這一番話，讓耶律正德不由自主地冷汗直流，金人崛起，屢戰不敗，遼國危在旦夕，這個消息，南人這邊還沒有察覺，可是若金人聯絡相約，當真要兩面夾擊，大遼必亡。

他原本還想依靠契丹人以往的威勢恫嚇南人一番，卻不曾想南人已得知了這個消息。難怪，難怪……難怪一向膽小怕事的南人一下子強硬起來，眼前的一切都解釋得通了。

沈傲冷笑道：「這歲幣，國使還想要嗎？」

耶律正德不願放棄，道：「這是我們此前的協議，按照兩國的盟約……」

「盟約？」沈傲站起來打斷他，滿是不屑地道：「宋金的盟約早晚要簽訂，至於你們這些契丹的落水狗，哈哈……我就直說了吧，我大宋收復燕雲的決心已下，到時金人與我們夾攻遼國，這盟約，不過是廢紙一堆罷了。」

耶律正德的臉色劇變，若是宋金當真結盟，不啻於是壓垮契丹的最後一根稻草，事到如今，歲幣的問題都是小事，無論如何，自己身爲遼國國使，要居中破壞宋金和議，忙道：

「沈欽差，既然打開天窗說亮話，我也就不隱瞞了，我大遼確實受到金人的威脅，只不過金人彪悍，你們與金人盟誓，不啻是與虎謀皮，眼下當務之急，反倒是宋遼結好，共同抵禦金人才是正道。據說沈欽差乃是宋國國主跟前的幸臣，這個道理，請沈欽差轉告貴國國主。」

沈傲笑了笑：「我們現在談的是宋遼的歲幣問題，至於金國，還是暫且擱置一邊吧。我只問你，這歲幣，你要還是不要？」

耶律正德咬了咬牙，像是下了決心，道：「兩國交好，歲幣不過是禮尙往來的手段，若是宋國眼下國庫緊張，大遼又豈能強人所難。」

沈傲道：「那上高侯得罪了國使，又該怎麼辦？」

耶律正德勉強扯出一笑，道：「上高侯性子雖是衝動了一些，卻很對我的胃口，請貴國千萬不要懲戒他，恰恰相反，若是有機會，我還要和他交個朋友。」

沈傲噢了一聲，坐在椅上，翹起二郎腿，木訥地道：「如此說來，這外事算是談妥了？」

耶律正德道：「只是金人……」

沈傲打斷他：「我說過，一碼歸一碼，金人是金人，宋遼是宋遼，現在不談金人。」眼睛上下打量耶律正德，繼續翹著二郎腿，眼睛伸到了耶律正德腰包裏。

坑爹啊這是，不是說外國的使臣來汴京，都要給人送禮的嗎？這禮在哪裡？契丹人果然是蠻夷啊，連這點規矩都不懂。

耶律正德見沈傲的模樣，卻是摸不著頭腦，滿心想著金人的事，更怕宋金之間真達成了某項合約，如此一來，契丹可就雪上加霜了。見沈傲看著自己的腰部，一時愣住了，這年輕的欽差到底有什麼意圖？

沈傲咳嗽一聲，笑嘻嘻地對耶律正德道：「你腰間這袋子很好看，是用貂皮縫製的嗎？」

這是在給耶律正德暗示了，耶律正德一時腦子還沒有轉過彎來，倒是一旁的汪義，忙是給耶律正德使眼色，半晌，耶律正德明白了，取下那百寶袋子，道：

「這確實是上好的貂皮縫製而成，怎麼？沈欽差喜歡？那麼便權當是給沈欽差的見面禮吧。」

這袋子裏還裝著兩顆東珠和一點碎銀，耶律正德總不好拿出來，如今一併贈予沈傲，頗覺肉痛。

沈傲板著臉道：「國使大人快拿回去，本欽差清廉自潔，兩袖清風，如何能收你的禮物，這禮物太過貴重，我是不能要的。」將送來的百寶袋推回去，道：「在下是讀書人，讀的乃是聖賢之書，莫說是一個貂皮袋子，就是裝個三四千貫銀錢來，我也斷是不要的，國使請自愛！」

莫說是個貂皮袋子，這句話的意思是說：貂皮袋子不值錢，就是裝個三四千貫來，他爲什麼偏偏要說三四千貫呢？汪義頓時明白了，深望沈傲一眼，顧不得禮節，將耶律正德拉到一邊，道：「將軍，這欽差是要向你索賄了。」

耶律正德如何懂得南人語言中的博大精深，滿頭霧水地道：「他不是說兩袖清風，就是三四千貫銀錢，他也不要嗎？」

汪義苦笑道：「他的意思是，要送，也要送個五六千貫來，否則他是不要的。將軍，此人在宋國國主面前說得上話，要破壞宋金和約，或許可以從他身上落手。」

耶律正德深以爲然，望了正襟危坐，一身正氣的沈傲一眼，卻是苦笑：「五六千貫，這不是小數，此人的胃口實在太大了些。」

心中想定，滿腦子想著如何籌措賄賂的事，又回到沈傲的座前，道：「沈欽差潔身自好，鄙人佩服之至，既然沈欽差不收如此貴重的禮品，那麼過幾日，鄙人便送一些遼國的特產來，這些特產都不值幾個錢的，不會教沈欽差為難。」

這一番交涉，終於落幕，雙方在友好的氛圍中商談，並且取得了一致，耶律正德為沈傲的品行感動不已，沈傲也對耶律正德惺惺相惜，臨到走時，沈傲一直將耶律正德送出去，握住耶律正德的手：「耶律兄，你我相談甚歡，今日一別，不知什麼時候能夠相見。」

耶律正德戀戀不捨地道：「謝亭離別處，風景每生愁，客散青天月，山空碧水流，沈欽差請回。」

沈傲眉飛色舞地道：「耶律兄還喜歡吟詩？這就太好了。」

到了第二日，耶律正德入朝，重申宋遼萬年之好，遞上國書，趙佶一看，愣了半晌，這國書中隻字未提歲幣之事，反倒是說遼國沐化大宋皇帝的恩德，願貢獻五百匹健馬，一千匹羊皮，願與大宋永為盟邦，誓不言叛。

今日倒是太陽打西邊出來了，往年的遼國使臣，一個個索要無度，蠻橫無理，今年非但在措辭上對趙佶表示了尊敬，從原來大遼皇帝陛下問候大宋國主，變成了大遼皇帝問候大宋皇帝陛下。而且不但不要禮物，反而送禮來了。

趙佶看了殿下的沈傲一眼，沈傲因爲今日要交割欽差，因此特意穿著緋服上殿，這一站，竟是昏昏欲睡，眼皮子正在打架，見到趙佶目光落過來，沈傲連忙打起精神，驅散了幾分睡意。

昨夜太傷腦了，耶律正德這個朋友沒有白交，連夜就給自己送了一車特產來，沈傲是最喜歡特產的，比如那金子鑄造的暖手爐，銀子打造的刀劍，他是個藝術家，對遼國的工藝製造愛不釋手，一夜都沒有睡。

耶律正德一番低聲下氣的話，滿朝譁然，待趙佶撫慰耶律正德一番，隨即宣他出殿，宣布退朝，這一次又獨獨留下了沈傲。

盯著沈傲，趙佶有些看不透了，此人到底用的是什麼方法，竟能讓遼國使臣屈服，契丹人蠻橫了上百年，今日算是給足了趙佶的面子，令趙佶心花怒放。

「陛下是想問學生如何說服遼國使臣嗎？」沈傲一眼看穿了趙佶的心思。

趙佶連連點頭，滿是期待。

沈傲正色道：「契丹乃是蠻夷之邦，聖人很早就說過，蠻夷就是禽獸，不懂教化，不通禮儀……」打開了話匣子，沈傲滔滔不絕地開始述說起來：

「……當時學生的品行已經感動了耶律正德，耶律正德也是有血有肉，豈肯去做禽獸？於是便要學生教化他，陛下是知道的，學生這個人連自己都教化不了，卻又如何教化他？好在孔聖人早有許多箴言流世，學生隨便挑揀了一些，什麼學而時習之，什麼禮之用、和爲貴也。耶律正德聽完大聲慟哭，連連說朝聞道、夕死可矣，今日見了沈欽差這般的氣度，正德自慚形穢，現在才知道，原來我們契丹人，竟與禽獸無異，待正德回去見了遼國國主，一定俱言沈欽差的風采，我們契丹人也要做人，也要學習詩書禮樂，再也不做禽獸……」

趙佶心情本就大好，聽沈傲胡亂瞎掰，忍不住捧腹大笑。

沈傲最後道：「陛下，學生教化了那耶律正德，這位遼國的使臣感激涕零，因而送了些小特產給學生，學生的人品，陛下是知道的，學生這個人一向視金錢如糞土，潔身自好，最見不得那些藏汙納垢，禮尙往來的事。只不過這畢竟是契丹人友誼的證明，是耶律正德的一番苦心，若是推拒，學生怕寒了契丹嚮往教化的心，所以這些特產，學生收下了。」

特產？趙佶略略一想，便明白了，心裏想：「這些特產只怕價値不菲吧。」卻也不說破，臣子愛財，也不一定是件壞事，更何況，這財是從契丹人手裏拿來的，試問這天下，誰有沈傲這般本事，笑道：「既是他送你的，你收下便是，朕不怪罪。」

沈傲心裏竊喜，忙不迭地道：「陛下拳拳愛護之心，學生佩服之至。」

趙佶板著臉道：「好啦，秋闈將近，你也該安心讀書，不要再節外生枝。」

沈傲連忙點頭，道：「是，是，學生要最後衝刺一把了。」

臨走時，趙佶突然將沈傲叫住，對沈傲道：「沈傲，安寧帝姬的病已痊癒了，你再去看看，看看是否還有什麼後患。」

沈傲領了命，隨楊戩到了後庭，待見了安寧公主，卻見安寧公主臉色略有些不好，對沈傲也不如從前那般熱心了，伸手讓沈傲把了脈，沈傲胡扯幾句，算是完了任務，正要告辭，安寧公主突然道：「沈公子，據說你已連訂了三場婚事，不知是真是假？」

沈傲答道：「帝姬深處宮苑，原來消息這般靈通。」

安寧公主眼眸中閃過一絲悵然，啓口道：「罷罷罷，你快走吧，這裏沒你的事了。」

春意逐漸散開，天氣漸漸熱起來了，袍子換上了夏衫，仍覺得熱得難受，天上的太陽如火爐，烘烤得整個汴京城都失去了幾分生氣。

好在公府那冰窖裏取出來的瓜果不少，又有後園的林蔭遮蔽陽光，緊靠著林蔭，是一汪湖水，帶著幾分沁人心脾的涼爽。

沈傲在這兒度過了幾天，期間楊真來過，是特意來負荊請罪的，這位禮部尚書倒是光明磊落，此前因爲契丹的事與沈傲反目，如今沈傲將契丹國使治得服服貼貼，又是佩服又是慚愧，備了禮物，折節來訪。

沈傲已交接了欽差的差事，一見這楊大人，連忙行學生禮，與他攀談一番，又將遼國的處境相告，楊真這才恍然大悟，不得不佩服沈傲秀才不出門，竟知天下事，心情愉快地告辭走了。

沈傲靜下心來，認真讀了幾天書，期間又遇到蹴鞠大賽的事，蹴鞠大賽的比賽時間跨度足有三個月之久，現在只是初賽，之後還有中賽，決賽，其中初賽浪費的時日最多，要從一百多個蹴鞠社中選出十支蹴鞠社來參與中賽，沒有一個多月的功夫是不可能的。

晉王邀沈傲去看了一次，對手是永安坊的一個球社，據說這球社的水準不低，上一年取得了中賽的資格，因此晉王對這場蹴鞠賽尤為關注。

一場比賽下來，最終以邃雅社險勝，沈傲這個時候才摸清了蹴鞠社的實力，在琳瑯滿目的各種球社之中，邃雅社的水準只怕連進入中賽都有些難。不過，自己新穎的訓練方法和戰術明顯起了效果，在這種戰術面前，對手很難適應，也不是三五日能尋到應對之策的。

戰術的運用，無非是增強了鞠客們的分工合作，不再是從前一樣一盤散沙，整合了鞠客的特長，將他們的優勢凸顯出來。

現在新的訓練方法和戰術還需要時間慢慢磨合，初賽恰好給了鞠客們磨合的時間，沈傲相信若是能進入中賽，邃雅社的實力還能再進一個台階。

勝了球，晉王自是大喜，拉著沈傲去暢飲幾杯，沈傲又拉上吳教頭，省得吳教頭心裏不是滋味。吳教頭此時對沈傲刮目相看，也不敢再輕視他了，言談之間多了幾分尊敬，又見他並不驕橫，很是謙虛，也就消除了芥蒂，有時教沈傲一些蹴鞠的技巧，有時也向沈傲請教一些新穎的訓練之道。

歇了這麼久，這國子監是不能不去了，沈傲銷了假，到了國子監中，秋闈已是不遠，因此監裏的氣氛透著一股緊張莫名的氣息，雖說大宋有恩蔭制度，官員子弟可以遞補，至少有個官身。不過這恩蔭官大多會被人瞧不起，往往這些人，都會分派一些閒差，永遠沒有出頭之日。

萬般皆下品，唯有讀書高，這句話無比正確，只有通過讀書中試，才能前程無量。沈傲與幾個要好的同窗敘了話，無非是問些國子監的近聞，打聽來的消息都是雞飛狗跳的事，見沒什麼大事，沈傲也就沒興致了，努力收了心，認真去聽博士授課。

日子飛快過去，平時用功苦讀，到了旬休日回家一趟，或是隨周恆遊玩，或是與同窗踏青，這樣氣定神閒的日子，好不快活。唯獨幾個未婚妻，沈傲卻是許久未見了，心裏癢癢的，卻也無可奈何，一旦訂了親，按風俗，沈傲是不能去見女方的，需正式明媒正娶之後，進了洞房，才能相見。

至於周若，沈傲旬休日回府的時候見了幾次，周若待他的態度不好也不壞，沈傲知道她心中生了芥蒂，心裏有些惆悵，想起那一日清早，藝考的第一日，那一夜未眠，清早來爲自己送行的倩影，心裏很不痛快。

同一個屋簷下，沈傲雖然灑脫，卻是一時不知該如何是好。他暗暗告誡自己要靜下心來，兒女情長的事先留待科舉之後再說，忍住心裏的不快，儘量不去和周若接觸，就怕一見她，心裏便忍不住惆悵分心。

監生們上完了課，因天氣炎熱，總是喜歡到梅林去喝茶，梅花已是落了，可是沿著湖畔，卻擺了不少涼棚，這些涼棚大多是胥吏們私辦的，賣些茶水、糕點，倒是能賺得幾文錢。

胥吏的月錢一向低得很，因此他們做些小買賣，只要不耽誤差事，唐嚴那邊也只是睜一隻眼閉一隻眼，這是國子監百年來流傳下來的規矩，誰也不會破壞。

監生們有茶水喝，少不得要對著那如鏡的湖水談些風月國事，今日，沈傲與幾個相好的同窗早早地來搶了個位置，吳筆先去茶攤處點了茶，今日是他請客，因而其他幾個人都對著他擠眉弄眼。

茶水上來了，便聽到鄰座有人道：「太學那邊已經蜂擁而動，要聯名公車上書，這一次太學生倒是做了件好事……」

沈傲豎著耳朵聽，公車上書？這個詞兒倒不陌生，在後世，公車上書最有代表的是清末的康有爲，不過沈傲卻知道，這是古時學生參議國事的一種方式，最早出現在漢代。只是這太學生聯名公車上書，不知是什麼緣故？

一旁的吳筆已是打開了話匣子，神神秘秘地道：

「諸位兄台可聽說了嗎？這一次江南西路的水患鬧大了！那水患的消息是前兩日傳到戶部的，說是大水淹了無數良田，災民餓殍遍地，江南西路各府告急，請朝廷立即下撥賑災銀兩，修築河堤，賑濟災民。」

說著，吳筆一副憤恨的模樣道：「只可惜朝中有奸佞作祟，那少宰王黼，還有刑部、戶部幾個尚書，一口咬定了只是小水患，不願撥出這筆銀兩。」

沈傲問道：「這又是爲什麼？難道不撥發賑濟的銀兩，對他們有什麼好處？」

吳筆喝了口茶，道：「這叫上有所好，他們是看清了官家的心思，一旦撥發了銀兩賑災，那杭州造作局和蘇州應奉局的花石綱只怕要裁撤，現在官家也在猶豫，他們一見官家爲難，自然是要投其所好，放任那江南西路的餓殍不顧，一心要討好官家了。」

吳筆說得隱晦，沈傲卻是明白了，從根本上，這最大的責任應當是趙佶，江南發了水患，而負責花石綱的杭州造作局和蘇州應奉局囤積的銀錢只怕不少，若是要賑濟，當然是就地教這兩個運送花石綱的機構拿出錢來，如此一來，這花石綱的事，只怕要耽誤了。

趙佶的喜好太多，花石便是其中之一，任何東西一旦沉迷，往往不能自拔，因而心裏很不是滋味，有點兒不捨。

王黼這些人看準了趙佶的心思，於是一口咬定水患並不嚴重，是江南西路各府的官員誇報，如此一來，趙佶豈不是有了臺階，順勢將此事擱置到一邊去。

只是這般大的事，又是誰捅出來的？沈傲心裏清楚，若是沒有人在背後造勢，太學和國子監不可能都在議論此事，竟還要鬧出太學生公車上書的事。

吳筆繼續道：「這一次太學生集體上書，正合了我們的心意，反倒是我們這些監生落入後塵，好不尷尬。」隨即苦笑一聲，舉杯道：「喝茶，我等還是做兩耳不聞窗外事的書呆子罷。」

喝完了茶，約莫到了授課的時間，沈傲這才知道，這件事鬧得極大，各種流言蜚語傳出來，說什麼的都有。到了夜裏，終於有準信傳出，說是太學生下午集體去了正德門外上書，最後都被人趕了回來。

如此一來，連一向嘻嘻哈哈的監生也憤怒了，許多人慫恿也要上書，聲援太學，須知這太學與國子監是水火不容的死對頭，到了今日，反倒一下子結成了盟友。

沈傲對他們倒是並不以爲然，回到自己房裏去看書，有同窗好友叫他去聯名，他婉拒了。那幾個同窗怒道：「沈兄，你是汴京才子，又是朝廷命官，食的是君祿，難道要眼睜睜的看到官家被人蒙蔽嗎？」

沈傲淡然道：「我讀我的書，至於這種事，我是不過問的，明知上書沒有用，你們爲什麼要上書？」

有人愕然道：「你爲什麼知道沒有用？」

沈傲不答了，其實他心裏明白，這些人越是鬧，反倒是將官家逼到了牆角，就算官家心裏有鬆動，見他們這麼多人玩逼宮的把戲，天子的威嚴要置於何地？因此，那原本要妥協的心思會立即蕩然無存，今日你們可以對賑災的事指手劃腳，這大宋朝到底是你們這些學生主事，還是他這個皇帝當家？

沈傲提起筆，攤開一張白紙，蘸了墨，在紙上寫道：「百無一用是書生。」寫完了，擱下筆，心裏嘆了口氣，這些傢伙雖是滿腔的熱血，卻是在害江南西路的災民，他們尚且還不自知，隨即又想，若換作是我，我會採取什麼辦法呢？

不急，猜不出這件事的幕後之人，自己千萬不能輕舉妄動。他拿出陳濟的筆記，將燈移近了些，悠悠然地捧讀起來。

第一一四章
天縱奇才

「此子才具無雙，是百年不出的天縱奇才，
琴棋書畫，經義文章無不精通，異日必然一飛沖天，鵬程萬里。
可惜沈監生雖有天縱之資，卻無仁心，將來只怕又是一個蔡符長。」
沈傲聽了，心裏苦笑。

公車上書的事愈演愈激烈，以至於國子監和太學學正都阻擋不及，不過事情雖鬧得大，卻是鎩羽而歸，傳言禁軍已經嚴正以待，四處驅逐太學生、監生。

這課也上不下去了，博士來開講，發現這課堂上，只有沈傲爲首的寥寥幾人，見這般清靜，只好教沈傲等人自行溫習。

沈傲這幾日飽受斥責，先是幾個親近的同窗拉他同去，沈傲婉拒，後來便有人說沈傲也是佞臣，是有了官身，不敢去爲民請命。對於這種流言，沈傲一笑置之，並不理會。

「事情鬧得越大，越是將皇帝推到自己的對立面，這幫成事不足敗事有餘的傢伙。」沈傲心中對這些頭昏腦脹的學生頗爲不屑，雖佩服他們的熱情，卻對他們的言行很是不喜。

兩世爲人，沈傲相信，任何一件事都不會是偶然觸發，這背後，一定是有人暗中挑動，尤其是公車上書這般的大事。

局勢還未明朗，沈傲倒是很有興趣看看，推波助瀾之人到底是誰？

過了幾日，又有了新消息傳出，說是以少宰王黼爲首，其下各尚書、侍郎、學士紛紛請辭，都以無德無能的名義要求致仕。

一時間，人人歡欣鼓舞，國子監裏竟有人當衆放起了鞭炮，城內茶座酒肆的生意一時大好，就是吳筆，也不無興奮地來尋沈傲道：

「此事只怕要有眉目了，王黼等人欺上瞞下，欺矇天子，這一次我們絕不能再讓他們翻身，只要一鼓作氣，一定能讓陛下回心轉意。」

沈傲淡然一笑，道：「只怕事情不會這麼簡單，吳兄聽說過以退爲進嗎？」

第二日，宮中又有消息傳出，證實了沈傲的猜測，王黼等人請辭的奏疏，被皇帝駁回，非但如此，宮中還親自發了旨意，對王黼等人撫慰一番。

這個結果令人憤怒，到了正午，聚集在正德門外長跪不起的太學生、監生，竟是烏壓壓的看不到頭，紛紛要罷黜王黼等人，撥發賑濟銀錢。

宮中自是不理，王黼等人又是上疏請辭，仍舊不准，整個朝廷也是爭論不休，連政務都顧不得署理了。

據說正德門外，太學生與禁軍發生了衝突，一些膽大的學生竟差點兒衝入了禁宮。禁宮乃是皇帝居所，天下中樞之地，此事自是嚴辦，因而當日禁軍開始四處拿人，當下追捕了數十個監生、太學生。

雖然將這些犯法的學生下獄，事情卻並沒有因此而告一段落，太學生、監生紛紛要求釋放同窗，另一方面，朝中不少言官也以祖法爲理由，請求放人。

這幾日的天氣驟然變壞，電閃雷鳴，大雨磅礴宣洩，國子監中的氣氛格外的壓抑，穿著蓑衣，沈傲仍舊按時去上課，回到寢室又安然讀書，將自己置身於事外。

到了後來，連博士也無心授課了，見了沈傲，只是苦笑，他們雖不至和監生們一起去鬧，可是看到沈傲孤身一人埋頭讀書，眼眸中有著幾分不高興。

有一次，沈傲聽見兩個博士悄悄議論：「此子才具無雙，是百年不出的天縱奇才，琴棋書畫，經義文章無不精通，異日必然一飛沖天，鵬程萬里。可惜沈監生雖有天縱之資，卻無仁心，將來只怕又是一個蔡符長。」

蔡符長就是蔡京，蔡京在少年時就已文才聞名，行書詩賦無不精通，且長相俊美，身材偉岸，世人都爲之稱奇。不過這句話自不是誇獎沈傲，恰恰相反，言語之中頗有幾分諷刺的意味。

沈傲聽了，心裏苦笑：「監生瘋了，博士也瘋了。當年自己發瘋的時候，全天下的人都正常得很，怎麼我難得正常一次，周遭的人卻都瘋了？」搖搖頭，嘆氣走開。

就在大雨不歇的這一日，消息如晴天霹靂般地傳出，宮中旨意下來，令太師蔡京官復原職，即刻入朝，總攬政事。

誰也不曾想到，事情的結局竟是如此，學生非但沒有讓皇帝讓步，沒有懲治王黼諸人，反倒是蔡京入朝，重新攬政。
吳筆淒淒慘慘地冒雨回來將這個消息相告，沈傲拍案而起：「我明白了。」
吳筆揩著身上的泥濘問：「明白了什麼？」
沈傲笑道：「蔡京是個國手。」
「國手？」吳筆不明白。
國手，這才是真正的國手！沈傲曾經想過，慫恿此事的可能是清流，甚至可能是祈國公周正、衛郡公石英，只是他萬萬沒有想到，這件事的真正策劃之人，竟是蔡京。
先是指使王黼、王之臣等人先設下一個陷阱，借著水患做起文章，水患之地恰好是江南，江南是蘇州應奉、杭州造作的大本營，以皇帝的心意，一面是他的喜好，一面是天下賑濟，自然是難以決斷割捨。
在這種情況之下，王黼等人出來，先給皇帝一個臺階，這個臺階，就是瞞報江南西路的水患，使得原本已是猶豫的皇帝想借此下臺，滿足自己的私欲。
之後是慫恿學生逼宮，讓皇帝感受切身之痛；此後事情不斷鬧大，甚至牽涉到了各司各部，在這個風浪口，王黼等人突然請辭。
這個請辭，幾乎將局面推到了高潮，一方面給鬧事的學生看到了希望，慫恿他們繼續鬧下去。另一方面，身為皇帝，那些為自己打算的大臣抵不住壓力，皆是黯然致仕，此時皇帝當然憤怒了，這個憤怒，是對學生的不滿，也有對王黼等人的同情。

欺人太甚，欺人太甚啊！站在皇帝的角度來說，這些學生實在是太不可理喻，不好好讀書，竟敢干涉朝局，要逼迫皇帝做自己不喜歡的事。

身爲君王，既然到了水火不容的地步，學生和皇帝之間已變成了仇敵，王黼等人的請辭，當然不准，因爲皇帝明白，學生的欲望是不能滿足的，同意了王黼請辭，接下來就要同意賑災，再之後是裁撤花石綱……

這不再是賑災的事，已經上升到了皇帝威儀的問題，普天之下莫非王土，率土之濱莫非王臣，竟然有人敢推翻皇帝的決策，是可忍孰不可忍！

到了這個時候，皇帝第一個想起的是誰？花石綱是誰鼎立支持的？是蔡京！蔡京在位時，花石綱從來沒有出現過任何差錯，甚至連爭議也是極少，更別說是學生鬧事了。

皇帝原本就有起復蔡京的心思，而現在，更是刻不容緩，因爲只有蔡京，才能夠彈壓住局面，震懾住群臣和那些胡鬧的學生。之後的事就順理成章了，旨意發出，召蔡京立即主政，這個政，首先就是彈壓學生，穩住朝局。

沈傲推開窗，望著窗外淅淅瀝瀝的大雨肆虐而落，眼眸被雨線遮蔽，胸口起伏幾下，忍不住道：「天下萬物皆是棋子，唯有這個蔡京，才是真正的國手，高明，太高明了。」

身後的吳筆仍是不解，道：「沈兄爲何這般說？」

沈傲呼吸著雨水帶來的清新空氣，帶著幾分乾澀的淡笑道：

「不管是王黼還有學生，甚至是參與了此事的文武官員，他們所有的言行都落入了蔡京的計算，吳兄還不明白嗎？你早已做了蔡京的馬前卒了。」

吳筆怒道：「哼，我們是爲國諍言，如何成了蔡賊的馬前卒？」

沈傲淡然一笑，不和他爭辯，今日他總算見識到了什麼叫老奸巨猾，相比蔡京，這些學生當真是幼稚得很，爲蔡京做了炮灰，居然還引以爲榮，自認自己做了正確的事。

蔡京要上臺了，那麼之後呢？沈傲皺起眉，苦笑起來，他知道，他的好日子只怕要到頭了，蔡京起復，要弄的第一個手段就讓他大開眼界，到時他若是真報復起自己來，不知自己是不是他的對手？

摘下牆壁上掛著的蓑衣，將它摟在懷裏，沈傲對吳筆道：「吳兄，走吧，我們去正德門。」

吳筆愕然：「怎麼？沈兄不是說不參與上書的嗎？」

沈傲戴上斗笠，道：「誰說我要參與上書，我是去給皇上獻畫，獻一幅好畫。」

他似是做好了充足的準備，早已預料到今天的到來，從畫筒裏抽出一卷畫來，小心用油紙包好，夾在腋下，嘻嘻哈哈地道：「這畫若是獻得好了，或許賑災的錢款就有了著落，本公子一幅畫換來數十萬貫的賑災錢款，很有成就感的。」

吳筆見沈傲從容淡定，雖是嘻嘻哈哈，可是眼眸中卻是信心十足，大喜道：「好，我們去正德門。」

二人出了寢室，並肩迎著大雨而行，路上恰好遇見了幾個博士，這幾個博士在屋簷下議論著什麼，遠遠看到沈傲、吳筆要往集賢門去，便道：

「沈傲，你要去哪裡？」

沈傲遠遠朝他們行了個弟子禮，一旁的吳筆道：「沈兄要去勸諫皇上撥發賑濟錢糧。」

勸諫？幾個博士一時眼眸發亮，他們對沈傲抱有極大的期望，可是沈傲在這一次事件的態度令他們很是失望，在這個時代，德行比之學問更加重要，有了德行，學問好不好都是其次，可是沒有德行，學問再好，也會遭人鄙夷。

沈傲將自己置身事外，全無仁心，甚至連一句對災民的同情之語都未曾出口，教諸博士紛紛議論，都認爲這沈傲學問再好，其行徑也令人不齒。此時見沈傲要去勸諫，一時興致昂然，頓時對沈傲的看法改觀了幾分。

萬條細絲蕩漾在半空中，迷迷漫漫地輕紗朦朧籠罩；先是如絲的小雨從空中降落，給汴京披上蟬翼般的白紗。

雨絲很細也很密，像春天飄浮的柳絮，絲絲縷縷纏綿不斷。一霎時，雨點連成了線，「嘩」的一聲，大雨就像天塌了似的鋪天蓋地從天空中傾瀉下來。暴雨說來就來了，隨著狂風吹過，捲起無數枯草落葉。

正德門外，烏壓壓地跪滿了人，禁軍將他們驅走，他們又折返回來，如此反覆，竟是驅之不散。

事情有了開頭，要結尾哪有這般的輕易，學生的怒氣，此刻完全撩撥起來，滂沱大雨中，一個個濕漉漉的跪在白漢玉磚石上。

此情此景出奇的詭異，卻在這個時候，遠處兩個人影冒著大雨過來，二人穿了蓑衣，在雨中艱難行走，一道閃電劃過天穹，有人擦了眼前的水霧，認出了來人。

「沈傲來了……」

「他就是沈傲？哼，就是那個畏縮在國子監裏的所謂的汴京才子？依我看來，他也不過如此。」

「這般的人，理他作甚。你看他穿著蓑衣，身上滴水不沾，想必這幾日過得很快活呢！」

竊竊私語伴隨著雷聲傳出，沈傲闊步挺胸，徑直穿過一個個跪地的同窗和太學生，踩著積水到了正德門前，向門口的禁軍行了個禮，道：

「鄙人沈傲，有一幅畫要呈獻皇上，將軍能否代傳？」

禁軍首領上下打量沈傲一眼，心想：「原來他就是沈傲？」

他不敢怠慢，沈傲的名字，常常與祈國公、楊戩等人聯繫在一起，誰都知道，此人早已是官家面前的紅人，忙堆笑道：「好說，好說，不知是什麼畫？」

沈傲道：「將軍呈獻上去即是。」從蓑衣中抽出畫筒，交給禁軍首領：「拜託將軍了。」

「沈學士少待。」禁軍首領不敢耽誤，連忙捧了畫筒，冒雨入宮。

沈傲站在這正德門洞裏，撲簌了身上的雨水，放眼往門洞外看去，那些烏壓壓跪地的學子，此刻都向他望來，那一雙雙眼眸有憤怒，有不解，有鄙夷，不一而足；他笑了笑，不再理會。

許多人已是義憤填膺，方才沈傲踱步過來，還有人對他抱有期望，以爲他迷途知返，要隨他們一道上書，誰知竟是來獻畫。江南洪水成災，無數人食不果腹，衣不蔽體，一夜之間妻離子散，這個沈傲，竟還有閒心來獻畫！真是無恥之尤，恬不知恥。

趙佶在文景閣裏，因爲下雨，天氣轉寒了一些，閣裏燃起了一個炭盆，一個小內侍正拿著火鉗子撩撥催火。幾支宮燈將閣中照得通亮，趙佶心不在焉地半臥在榻，隨手翻弄著最新一期的《邃雅周刊》。

他雖是漫不經心，卻又心潮起伏，遼使的事剛剛讓他的心情愉悅了幾天，可是接踵而來的江南西路災情，讓他的心情又黯然下去。

人都有惻隱之心，趙佶又豈會例外？聽了災情，趙佶自不會袖手旁觀，只是惦記著花石綱，再加上王黼等人通曉他的心意，上了幾道關於江南西路災情虛報的奏疏，令他一時難以抉擇。可是偏偏一幫學子卻鬧起來了。

大宋朝優待士人，不管是監生還是太學生，趙佶自問自己待他們不薄，尤其是太學生，心知他們大多出身貧寒，隔三差五，總要詢問一番他們的近況。若是下了雨，便會說天氣這般冷，可教人送些衣物去，莫要讓一些寒生們凍著，天氣太熱，也會叫人採買些瓜果去降暑。趙佶萬萬沒有想到，第一個站出來反對他的，完全不給他任何顏面的，就是這些太學生。

豈有此理，簡直是豈有此理，朕如此待他們，他們卻哪裡體恤過朕？公車上書的無數聯名奏疏搬到趙佶的御案，趙佶的逆反之心隨之而起，太學生越是要求賑災，原本打算從內庫中撥出些銀錢的趙佶立即變了主意，你們不是要賑災嗎？朕偏偏拖延時日，看你們能如何？就是不讓你們如願！

可是等到王黼等人請辭，趙佶突然之間變得無比地理智起來，他嗅到了一絲危險，一種權威被人撼動的可能！堂堂少宰，數個尚書、學士，竟然被一群學子非議，就嚇得要請辭，這是一股什麼樣的力量？在這些學生的背後，到底是誰在操縱？

想及此，趙佶遍體生寒，一種難以言喻的徹骨寒意，令他徹夜難眠。

不能再縱容了，今日他們能逼走少宰，明日豈不是連朕……都要受他們的掣肘？

可是誰能主持大局？趙佶第一個想起的就是蔡京，因而連夜發出中旨，召蔡京入朝，當年蔡太師在時，朕將國事全部交給他，天下太平，現在蔡太師致仕，煩心之事卻是接踵而至，能替朕守好這江山的，也只有蔡太師了！

趙佶嘆了口氣，將周刊丟在榻前，翻身坐起，對身側的楊戩道：「外頭的學生都退了嗎？」

楊戩今日大氣也不敢出，他太清楚官家的性子了，官家越是裝作漫不經心，便說明他的心情越是不好，此時說錯一個字，都會大禍臨頭，低眉順眼地道：

「陛下，學生們被驅散了，可是又回來了。」

「哦，朕知道了。」趙佶笑了笑，笑得淡然，帶著幾分生冷。

「今日的雨好大啊。」趙佶慢悠悠地繼續道：「去，把窗子推開，朕想看看雨景。」

楊戩不敢違逆，親自去推了窗，一道冷風呼啦啦灌進來，讓楊戩不禁打了個哆嗦，閣內的幾盞宮燈雖籠了輕紗，也跟隨著冷風急劇搖曳起來，隨即熄滅。

「這樣的雨，那些學生還沒有離開？」趙佶望著窗外的暴風驟雨出神，低聲呢喃道。

正是這時，急促的腳步傳來，一個內侍推開虛掩的門，跪地道：

「陛下，沈學士獻上一幅書畫……」

「沈傲？」趙佶眼前一亮，心情頓時輕快了一些，招手道：「將畫呈上來。」

小內侍捧著畫筒，揭開蓋子，將一卷包了油紙的畫抽出，又撕開油紙，小心翼翼地走到御案前，將畫攤上去。

趙佶定神一看，頓時愣住了，這哪裡是畫，只是一片空白，倒是白紙的上首，是一手龍飛鳳舞的大字，上面書寫著「江山萬里圖」五個字，落款處還有題跋，寫道「學生沈傲進獻御覽」幾個蠅頭小楷。

沈傲送來的畫，竟是一片空白……

趙佶皺眉，道：「畫是不是送錯了，沈傲現在在哪裡？」

內侍道：「正在正德門外等候。」

趙佶道：「叫他進來，快……」言語中有幾分不耐。

「江山萬里，卻是一片空白，這個沈傲，又不知在賣什麼關子？朕要親自問問他。」趙佶心中想定，思緒又被畫紙上的行書吸引，拋開畫不談，單這畫名和題跋的書法倒是不錯，筆法剛勁婉潤，兼有隸意，讓趙佶一看之下，愛不釋手。

「學生沈傲，見過陛下。」

不知什麼時候，沈傲進入閣中，他顯是剛除去蓑衣，身上還沾著些許的雨水，朝趙佶深深作躬，這一次沈傲稱呼趙佶為陛下，別有用心。

趙佶仍沉浸在書法之中，嗯了一聲，朝沈傲招招手：「你來，這書法朕覺得頗為有趣，筆意有些歐陽詢的痕跡，可是筆風卻又不同，你是如何悟出來的？」

沈傲走近去看，帶著微笑道：「在一個風雨交加的夜晚……」

「嗯？」趙佶板著臉看著沈傲，意思是威脅他不許胡說八道。

沈傲只好訕訕道：「寫著寫著就出來了，陛下要問學生如何悟出來，學生自己也不知道。」

趙佶頷首點頭，突而怒道：「朕問你，你既是獻畫，為何這畫卻是白紙一張，你是要欺君嗎？」

沈傲忙道：「學生不敢，學生原本是想作一幅畫獻給皇上，只是要下筆時，卻是踟躕了……」

「哦？這是爲何？」

沈傲道：「萬里江山，這個題目太大，學生何德何能，如何能下得了筆。」

趙佶黯然，暗道可惜，道：「你說得沒錯，這萬里江山確是不好動筆。」

沈傲正色道：「陛下這句話錯了，學生下不了筆，可是天下之間若說能尋到作出這幅畫的，只怕也只有陛下了。」

趙佶沉吟片刻，卻是搖頭：「朕只擅花鳥，萬里江山……只怕真畫出來，要教人恥笑。」

他倒是一點都不忌諱，談起作畫來，一點架子都沒有。

沈傲搖頭：「陛下還是錯了，學生聽說：天子之怒，伏屍百萬，流血漂櫓；天子之仁，保泰持盈，萬民安業。陛下的喜怒哀樂，不正是在作一幅江山萬里圖嗎？」

趙佶深望沈傲一眼，坐回御榻上，沉著臉道：「原來沈傲也是來做說客的。」

沈傲正色道：「學生不是來做說客，只是想和陛下討教畫技，譬如這江山萬里圖，是該赤地千里，還是其樂融融，這幅畫，只在陛下的心裏，陛下一念之差，即可讓這幅畫變爲另一番模樣。學生與陛下有些交情，因此也瞭解一些陛下的爲人。」

這世上有人敢說瞭解皇帝爲人的，只怕也只有沈傲獨此一家了。趙佶被他這一句話，倒是勾起了興致，從前這番話，誰敢當面和他說？可是沈傲非但說出來，而且說得

順暢無比、心平氣和，就如與老朋友閒談一般，沒有一點的拘謹。

趙佶心中有一絲的感動，別人畏他、懼他，奉承討好他，可是這世上，如沈傲這般將他當朋友看待的，卻是再尋不到第二個來。

「好，你說，朕的爲人是什麼？」趙佶心平氣和，一下子輕鬆起來，將諸多的煩心事拋之腦後。

沈傲道：「陛下爲人寬厚，待人赤忱，是個好人。」

沈傲這一句話絕沒有誇張的成分，單論人品來說，趙佶確實不差，可是身爲皇帝，說他是昏君也不爲過；只是很多時候，好人不一定是明君，壞人也不一定是昏君。

最後一句是個好人，讓趙佶不由大笑，他聽說過直臣斥他遠君子、信小人，是個昏君；聽得更多的，則是吾皇聖明仁武之類的話，可是一個好人，卻是從來沒有人和他說過。

趙佶道：「好吧，朕就算是個好人，那麼你也不必繞彎子了，到底想教朕做什麼？」

沈傲笑呵呵地道：「賑濟災民！」

趙佶臉色陡然一變，不悅地道：「朕自有思量，你是侍讀學士，這些事，不必你管。」

沈傲正色道：「正因為學生是侍讀學士，負責陪侍陛下行書作畫，所以才有一番話要說。陛下要萬里江山，自要繪出一副天下景泰、萬民安樂的景象，如今江水氾濫，若是再不賑濟，便是餓殍遍地，難道陛下的寬厚，只能對自己親近的人使用嗎？學生心裏知道，陛下不是不仁，而是不願遂了正德門下那些學生的心願，可是陛下想想看，只因為陛下一時賭氣，要令江南的畫卷中出現慘景，學生身為書畫院侍讀，豈能不聞不問？」

其實江南西路的水患，趙佶豈是不知它的嚴重？只是救災之事，在他看來，自是他的一念之間，他下了旨意，人民自會感佩他的恩德。

現在學生一鬧，非但硬生生地逼得他不得不選擇站到學生的對立面，讓他生氣的是，若是現在頒發旨意，又有誰會念他一聲好？到頭來，反倒是那些學生得了美名，而他堂堂九五之尊，只會被人笑話。

現在趙佶需要的，只是一個臺階，可是至今為止，來的只是給他拆梯子的。

沈傲這番話，先是說趙佶宅心仁厚，此後又以畫喻事，又以侍讀學士的身分進言，讓趙佶的臉色緩和了幾分。趙佶皺著眉，似在沉吟，眼眸半張半闔之間，無數個念頭在腦海中轉換。隨即哂然一笑，道：「沈傲，遼人上貢來了一樣寶物，朕想讓你看看。」

這個時候，要讓本公子看寶物做什麼？沈傲抬眸，瞥到趙佶眼中含笑，怒氣似是消散不見，心裏明白了，趙佶是要考校自己。

考校倒也罷了，最重要的是，皇帝突然考校自己而絕口不提賑災之事，這就意味著趙佶是要給自己尋個臺階，若是自己過關，勸諫之事就算成了，可是若被皇帝難住，這件事便是功敗垂成。

沈傲抖擻起精神，恢復了幾分狂傲之氣，先放出大話道：「請陛下指教。」

第一一五章
奇怪的雕像

這尊石像雕刻的是一個女人，

女人手持弓箭，瞄向遠方，一雙眼眸隨著箭簇的方向向前瞄準，煞是威風，

奇怪的是，女人的右側乳房竟好像是故意被磨平，只留下左側的乳房仍然豐盈飽滿。

這是一個很奇特的現象。

趙佶笑了笑，朝楊戩使了個眼色，楊戩會意，立即撐著油傘出了文景閣，徑往府庫打了個圈，抱著一方錦盒回來。

打開錦盒，只見裏面擺放著的是一座雕像，雕像爲石質，風格極爲詭異，一看之下，便知不是中原的作品，且石像上有幾分雜質，甚至還有沁色的痕跡。

眾所周知，一般情況之下，只有古玉才會出現沁色，是因爲玉常年埋入地下，礦物侵入，使得玉的顏色發生變化。而大理石是極少被沁色浸染的，石與玉不同，不容易與其他礦物發生反應。

這就證明了一件事，這座石像一定常年埋在地下，至少歷經了數千年之久，以至於剛剛出土時，顏色發生了急劇的變化。

沈傲拿起石像，開始觀察石像的樣式，這尊石像雕刻的是一個女人，女人手持弓箭，左右開弓，瞄向遠方，一雙眼眸隨著箭簇的方向向前瞄準，煞是威風，尤爲奇怪的是，女人的右側乳房竟好像是故意被磨平，只留下左側的乳房仍然豐盈飽滿。

這是一個很奇特的現象，很明顯右側的乳房是在雕刻時故意磨平的，看這個女人的面部，中亞人種的特徵十分明顯，目深高鼻，膚色以白皙爲主。

有了細緻的觀察，接下來就可以開始大膽假設了。沈傲放下石像，看了趙佶一眼，趙佶嘴上含笑，頗有些挑釁地看著自己，似乎是自認爲這件古物將沈傲難倒了。

須知古玩的鑑定，尤其是在這大宋朝，幾乎無人可以鑑出西域的古物，甚至是西域各國，也極少能對他們本國出土的寶物進行判斷，原因很簡單，因為中華文明是沒有斷層的。

也即是說，文明從開始到鼎盛，都有跡可尋。可是對於西域等國來說，他們的文明雜亂無章，就像印度次大陸一樣，先是印度本地的文明，隨即又被雅利安人統治，傳統開始帶有某些歐洲特徵，之後又被阿拉伯人入侵，文化已經出現斷層，最後又被蒙古人統治，千百年之後，就是早先的古印度人都已寥寥無幾，至於那些古印度的文化，只怕也只有從後世的一些大膽推斷和大量的考古發掘中尋找到一些蛛絲馬跡。

而中原文明則不同，譬如商代出現的陶器，可以一直延續到任何時期，雖然製陶器的樣式和特徵會因為時間的流逝發生某些細微的變化，做工越來越精美絕倫，細節更加細膩，可是你若是拿起明清時代的陶器與古商人的陶器相比對，仍然能發現許多共同點。

在趙佶看來，沈傲是不可能鑑定出這件古玩的來歷的，這種西域千百年前的古物，連遼人自己都說不清，沈傲就算再厲害，又如何能作出判斷。

沈傲微微一笑，皇帝這是在向自己示威呢，自己可不能讓他看扁了。

沈傲陷入深思，開始回憶著西域的一些風土人情以及世界史的內容。當然，還少不了一些東方古籍的佐證。

足足過去了一個時辰，此時已到了晌午，楊戩悄悄地扯著趙佶的袖子，道：「陛下，該用午膳了。」

趙佶見沈傲依然陷在沉思回憶中，饒有興致地搖頭道：「朕不餓，再等等。」

連續催促了四五次，沈傲才張開口來，唇邊帶著一絲自信的微笑，道：「陛下可聽說過薩爾馬特人？這應當是西域薩爾馬特人留下來的古物，」他指了指這石像：「石像爲女性，身披輕甲，手持弓弩，那麼可以證明，雕刻石像的這個民族一定尊崇母性。據說這個民族也同樣崇拜龍，他們精於箭術，善於運用重騎兵，其婦女也參加戰鬥。根據他們的風俗，一名年輕女子如果不能在戰場上殺死一名敵人，就不能結婚，他們的社會中，男子非常敬重女性，所以被其他民族譏諷爲『女主人的男僕』。」

沈傲定了定神，繼續道：「陛下看這雕塑，一名女子卻沒有右乳，這是因爲薩爾馬特人的女性驍勇善戰，爲了使自己便於射箭，這些女性甚至甘願割除自己的右側乳房。甚至認爲，只有這樣，上天才會給她們源源不斷的力量。因此，學生大膽推測，這是薩爾馬特人殘留下的遺跡。」

趙佶一時愣神，對沈傲深望一眼，到了這個時候，他不得不對這個沈傲的本事增添了幾分期待，這座雕塑，因爲雕刻得栩栩如生，因而被遼人奉爲寶物。可是要說起它的來歷，遼人也是知之不詳，沈傲竟只用了一個多時辰，便看出了它的來歷，若是沈傲說得不假，那麼這沈學士也太過厲害了。

趙佶不露聲色地道：「這一切都是你說的，又有什麼佐證，可以證明你說的這個故事是真是假？」

沈傲笑意甚濃道：「不知陛下的書庫中，可有先秦的《列子・周穆王》這本書？」皇家的書庫，收藏的古籍自是不知凡幾，趙佶朝楊戩努努嘴，楊戩立即奔往書庫，足足過了兩盞茶功夫，終於叫人搬來了一本古書。

沈傲拍了拍書上的灰塵，翻開古籍，尋到了一處證據，書中寫道：

「穆王不恤國是，不樂臣妾，肆意遠遊，命駕八駿之乘……遂賓於西王母，觴於瑤池之上，西王母為天子瑤，王和之，其辭哀焉……」

沈傲道：「這西王母國，便是薩爾馬特人，薩爾馬特人尊女性為尊，女尊男卑，君王由女性擔任，這西王母，應當就是薩爾馬特女王，陛下，請再叫人尋《穆天子傳》來。」

楊戩又去尋了這本書，沈傲翻開，裏面果然有一段西王母國的風土人情，其中詳盡的說了其女尊男卑的社會構成，還有一些特有的風俗，如女人不能殺死一個敵人，則不能結婚，又如一些驍勇的女性為了便於射箭，割去右乳。

當時的薩爾馬特人就在中亞一代，而周穆王的西行，確實給沈傲帶來了佐證。周穆王時期，由於國力強盛，周王朝在西部的影響已擴展到很遠的地區。穆王又致力於向東南方發展，通過巡遊，使許多地方國家部落歸順於周的統治，這個西王母國，只怕就是數千年前歸順於周王朝的一個中亞部族國家。

在當時的周人看來，一個國家豈能有女王，又豈能讓女人上戰場，他們通過想像，乾脆將這個國家部族喻爲西王母國。

有了史料佐證，雖然《穆天子傳》只是野史，可是其中西王母國的描述與沈傲所說的薩爾馬特人絲毫不差，雖說其中略帶了誇浮的痕跡，趙佶卻不得不信。

「沈傲的博學，朕今日算是見識了。」趙佶含笑看著沈傲，目光中掩飾不住欣賞之色，繼續道：「朕即刻下旨，立即撥發賑災的錢糧。」

沈傲笑呵呵地道：「陛下英明。」

趙佶虎著臉叫人將石像收起來，道：「你不要拍朕的馬屁，朕才不願做什麼英主。哼！若不是你來求情，朕一定要和那些學生鬥一鬥，讓他們見識見識朕的厲害。」

隨即轉爲溫和地道：「秋闈就要來了，鬧出這些事，學生如何能安心讀書？楊戩，叫人出去傳旨，就說朕聽了沈卿的勸諫，已是回心轉意，叫那些跪在外頭的學生早些散了，給國子監和太學各送炭木百斤，回去之後，趕緊換了衣衫，烤烤火，莫要生了寒，真要病倒了，將來誰來為朕效力？」

楊戩眼見沈傲這般博學，心裏也是喜滋滋的，方才沈傲的什麼薩爾馬特人他不懂，可是連官家都掩飾不住對他的欣賞，那自是說明沈傲極厲害了，這可是咱家的女婿啊。

楊戩喜滋滋地應道：「奴才這就去。」

淅瀝瀝的大雨依然不停，雷聲轟隆不絕，沈傲穿著蓑衣，自正德門出來，在門洞下，謝過了方才為他傳報的禁軍，看著黑壓壓的學生，嘆了口氣，孤零零地往國子監而去。

「哼，讒言媚上！」

許多人不屑地望了沈傲一眼，繼續跪在雨中。

這時，楊戩撐著油傘過來，靴子踩在積水上劈啪作響，左右看了這些學生一眼，扯著嗓子道：「都回去吧，陛下經過沈學士的勸說，已經回心轉意，賑災的錢糧，即刻解往江南西路。為防沿途運送遲緩，耽誤救災，即以八百里快報發旨蘇杭，令造作局、應奉局先行撥付。」

雨水淋漓，打濕了學生的衣帽，在瑟瑟冷風中，許多人的身體不自覺地顫抖著，一些體質較弱的早已打起了噴嚏，此時聽了楊戩的話，先是一陣沉默，隨即歡呼起來。

「沈學士勸說？是沈傲，沈傲方才去勸諫了，原來是我們誤會他了。」

歡呼之餘，有人暗暗自責，心裏生出愧疚，看著沈傲的背影已隱隱約約拐過一個街角，漸漸淡去，有人朝沈傲的背影大喊道：「沈公子恕罪……」

這些話，沈傲自然聽不到，回到宿舍，立即生了炭盆，換了一身衣衫，捧起書圍坐在爐邊烤火。

過不多時，一群濕漉漉的人衝進來，呼啦啦大吼：「沈傲，沈傲，喝酒去，今日本少爺請客。」「對，喝酒去，王茗有的是錢，教他請酒。」

這些人都是冒著雨先回來的，一個個興致勃勃。就在半個時辰前，他們還對沈傲不屑一顧，可是現在，滿是景仰。

君子尚德，小人尚力，德行比學問更令能令人佩服，再加上此前的誤會，令大家滿腹虧欠，因而一個個熱情如火，這個架住沈傲的胳膊，那個搶下他的書卷。

「喂喂喂……諸位兄台，我是剛換上的衣衫啊。」被這些濕漉漉的人一挨，沈傲乾淨的衣衫上，已染上不少濕泥，大叫一聲，大家總算將他放開。

吳筆笑呵呵地排眾而出：「沈兄，這書什麼時候都可以看，走，先去喝了酒再說。」

沈傲正色道：「身爲學生，現在又不是旬休日，怎麼能和你們去喝酒？我們要好好讀書，靠喝酒能參加科舉嗎？諸位兄台聽我一言，科舉將近，時不待我，還是各回房去溫習功課吧。」

這一番大義凜然、一身正氣的訓斥，教大家汗顏不已，沈兄的學問已經這麼高了，竟還如此孜孜不倦，當真教人佩服。

那要請客的王茗道：「沈兄高論，自是沒有錯，只是今日大家高興，也不能攪了我們的興致，還是和我們去喝上幾杯，先謀一醉，明日再用功苦讀吧。」

眾人紛紛道：「對，讀書也不能急於一時，該喝酒時也不能耽誤。」

沈傲坐了一會，似在猶豫，見許多人期盼地看向自己，呆呆地道：「聽說入仙酒樓的酒水最好，一直沒有機會去，我倒是想去見識見識。」

王茗眼珠子都要掉下來了，這還叫不想去喝酒？張口就要去入仙酒樓，這入仙酒樓是什麼地方？乃是汴京城最好的酒肆，一杯水酒便是數百文錢，一頓酒席，沒有個七八貫是想都別想的，這次只怕真要大出血了。

其他人可想不到這麼多，反正是王兄請客，紛紛豪爽地道：「好，就去入仙酒樓。」

王茗咬了咬牙，道：「沈兄，快走吧。」

夜長夢多，待會更多人回來，少不得又要邀上他們，得趕快把人先拉走，再遲，還

不知要怎樣破費。

一行人興沖沖地下了樓，沈傲被人包圍著，看到外頭的大雨，高呼道：「我忘了帶蓑衣，我新換了乾淨衣衫的。」

「沈兄，走吧。」有人推著他到雨裏，大家一起笑著追過來，左右一個人架著他，哈哈大笑道：「我等都成了這副模樣，沈兄還能獨樂嗎？」

好冷……沈傲打了個哆嗦，大雨傾盆而下，浸濕了他的眼眉，乾淨的衣衫浸了水，一下子沉重起來，這頓酒水吃得真不值啊，差點要了哥哥的命！

反觀身側的同窗，卻是一個個渾身舒泰，閒庭散步，顯然他們這幾日淋慣了雨，早已將這雨水不當回事了。

冒著雨，一大群人嘩啦啦地到了入仙酒樓。

入仙酒樓占地不小，位置處在三衙的側街，也是很熱鬧的地方，上下五層，在雨中顯得雄偉極了，眾人吆喝著進去，掃眼一望，酒客不少，其中更有幾個穿著禁軍服飾的人默默喝酒，見了沈傲等人，都不由地皺起眉。

「喂，你們身上積了這麼多水，不許進去，先烘乾了衣服再來。」酒小二見這麼多濕漉漉的人滴著水進來，一點也不客氣，迎過來要將大家拒之門外。

王茗帶著錢，所以膽氣也壯，叉著手道：「怎麼？我們可是帶錢來喝酒的，莫非還不讓進去？」

小二嗓門比他更大：「哼，這裏的客人，哪個不是帶錢來的？不烘乾衣服，不許進！」

王茗沒詞兒了，秀才遇到小二，也傷不起啊，氣呼呼地對眾同窗道：「走，此處不留人，自有留人處，我們到別家去。」

裏頭幾個酒座上便有人道：「這些不是國子監的監生嗎？小二，他們可是剛剛從正德門那裏過來的，是爲國諍言才落得如此狼狽，就讓他們進來喝口酒，暖暖身子吧。」

「是啊，是啊……」眾人都點頭勸說。

小二遲疑了一下，只好道：「諸位請吧。」

監生們大喜，誰都不曾想到，自己的光輝事蹟就這般的傳揚開了，夠拉風，夠有面子，紛紛朝酒客們拱手道：「諸位抬愛，抬愛。」

一群人進去後，沈傲對小二道：「尋個廂房來。」

小二道：「廂房已經客滿，只能在這廳裏就坐。」

不去廂房還能省下幾個錢，王茗連忙拉住沈傲，道：「沈兄，算了，在廳裏也很好。」

沈傲自沒有話說，眾人尋了個靠窗的位置圍坐，接下來便是點菜點酒。沈傲先叫王茗點，說是客隨主便。王茗很客氣，道：「沈兄，今日你是主角，自該你來點。」

「那好，我就不客氣了。」

「沈大爺，你還真應該客氣一點。」王茗心裏暗暗祝禱，摸了摸錢袋子。

沈傲倒是沒有點太多昂貴的菜色，只尋了些家常菜和中檔的酒水，教王茗鬆了口氣。

眾人七嘴八舌地紛紛議論起來，都搶著和沈傲說話，沈傲自是謙虛一番，很矜持地將話題移開，熱情過度也不好啊，雖然小小地滿足了沈傲的虛榮心，可大庭廣眾之下聽人恭維，還是有那麼一點點不習慣。

過了片刻，一個上身穿小襖，下身穿著粉紅馬褲，頭上梳著一個蝴蝶辮子的小丫頭走過來，手裏端著酒具，卻是虎著一張臉。

酒樓竟讓丫頭來看堂，沈傲心裏覺得好奇，忍不住抬眸多看了這丫頭一眼，這少女十六七歲年紀，一張圓圓的鵝蛋臉，眼珠子黑漆漆的，兩頰暈紅，周身透著一股青春活潑的氣息，只是她的臉色很不好，服務態度很壞，走至眾人跟前，呼道：「讓一讓！」

同窗們紛紛垂頭，不敢去看她，讓出一個人的位置來。

丫頭重重地將酒具放在桌上，眉眼兒一挑，便察覺有人正似笑非笑地看著自己，黑漆漆的眸子迎過去，怒道：「看什麼看？」

這一句話是對沈傲的警告，沈傲呵呵一笑，不以爲意，眼眸一轉，就不去看了，大庭廣眾之下，盯著一個姑娘看確實有點不好，不過這丫頭的態度實在有些惡劣，算了，哥哥是來喝酒的，不理她。

丫頭見沈傲淡淡然的樣子，便覺得沈傲是故意給她臉色看，又不好尋他的錯，便虎著臉道：「你們這些臭書生，不好生坐在這裏，喳喳呼呼的，還教別人怎麼做生意？你！還有你！」她的纖指兒指了王茗、吳筆：「你們兩個的嗓門最大，這麼大的嗓門做什麼？以爲你們是在讀書啊！」

說著，收回手去，雙手叉住小蠻腰，威勢十足，眼眸兒一轉，冷哼一聲，揚長而去。

「丟人啊，幾十個大男人被一個小丫頭鎮住了。」沈傲心裏苦笑，這丫頭好辣，活脫脫的一個小辣椒。

另一邊的茶座上幾個禁軍軍官看了，紛紛竊笑，顯然看得很痛快。不料丫頭擦身過去，嬌斥道：「笑什麼笑？再笑，把你們趕出去淋雨！」

那幾個禁軍軍官哭笑不得，連忙收起笑。其中一個無比正經地道：「是，是，小姑奶奶教訓的是，是我們該死，我們再不笑了，請姑奶奶原諒則個。」

沈傲今日算是開了眼界，一個小丫頭，左罵監生，右斥禁軍，真是勢不可擋，威勢十足，手無縛雞之力的監生被罵罵也就是了，怎麼那幾個禁軍被小丫頭教訓了一頓，居然一點脾氣都沒有，低眉順眼的，竟比王茗、吳筆二人還要乖巧，真是奇了怪了。

眼見小辣椒掀簾進了後廚，王茗一拍桌案，道：「好男不與女鬥，哼，諸位舉杯，我們先敬沈兄。」

一杯酒下肚，話題也就多了，眾人紛紛笑說王茗出糗的事。王茗連忙解釋道：「諸位，諸位，方才絕不是王某人怕了那小妮子，諸位可知道這妮子是誰？這入仙酒樓爲何生意如此火爆？」

吳筆方才也遭了奚落，急於要澄清，忙道：「王兄不必賣關子，快說。」

王茗道：「這酒樓，乃是武襄公的後人開的。諸位，武襄公是誰？就不必我來說了吧，此人南征北討，爲我大宋立下赫赫戰功，先後任泰州刺史、惠州團練使、馬軍副部指揮使，擢樞密副使。當年征討西夏，他每戰披頭散髮，戴銅面具，一馬當先，所向披靡，數年之間，武襄公參加大小廿五次戰役，身中八箭，但從不畏怯。在一次攻打安遠的戰鬥中，公爺身負重傷，但『聞寇至，即挺起馳赴』，衝鋒陷陣……」

說起武襄公，眾人恍然大悟，沈傲也頓時明白了，所謂武襄公，便是狄青的謚號，狄青乃是北宋中期名將，參與了無數戰爭，積累下戰功無數，後來因爲功勞實在太高，再加上他在軍中的威望實在太大，因而引起皇帝的疑心，最後憂憤而死。

據說他的後人，因爲狄青飽受猜忌，此後不再爲官，只是想不到，他們竟在這裏開了一家酒樓。

那麼一切都解釋得通了，方才那兩個禁軍軍官是何等樣的人，若是換了尋常的酒肆，店家敢如此呵斥？這幾個武人早就鬧將起來了，偏偏那丫頭一聲呵斥，他們又是賠罪又是訕笑，哪裡敢動怒，原因就在於這狄青，當年甚至到了皇帝都對他感到威脅，可見狄青在軍中的威望之高。

他的後人在這裏開起了酒樓，那些狄青的故舊和軍中的崇拜者自然經常光顧，來這裏的將軍、虞侯，哪一個敢胡鬧？店家不收拾他，三衙也絕不會寬恕。

更何況，到了神宗繼位之後，希圖重振國威，但又苦於朝中沒有能征善戰之人，這才又思念起了狄青，他親自爲文，派使者到狄青家祭奠英靈，並將狄青的畫像掛在禁中，此後欽差到狄青家中祭奠已變成了不變的習俗，每到祭日，便有宮人帶著聖旨去慰問，以彰顯狄家的功績。雖然無官無爵，可又有誰敢去惹狄家？

王茗介紹一番，搖頭晃腦地道：「諸位現在知道了吧，那丫頭乃是狄家獨女，據說會使棍棒，武藝超絕，誰若是惹了她，她按你在地上毒打一頓，你能拿她如何？」

大家不約而同地倒吸了口涼氣，沈傲不由地想，原來這丫頭不是小辣椒，是小老虎！

「不說了，喝酒！」沈傲舉杯，不再去管什麼辣椒老虎。

幾杯酒下肚，方才的不快很快淡忘，吳筆來了興致，眉飛色舞地站起來道：「有酒豈可無詩，今日吳某先引個頭，給諸位作詩一首，爲大家助興！」

這文人都是這毛病，喝了酒就忍不住想吟詩、塗鴉什麼的，吳筆是最典型的代表。

眾人轟然叫好，紛紛道：「吳兄痛快，快吟詩出來給我們聽聽。」

吳筆不由地得意洋洋起來，若說作詩，吳筆的水準可是不低，國子監中除了沈傲、蔡行，他吳筆排名第三，其思維自是迅敏無比，心中有了腹稿，搖頭晃腦正要吟出來。

「吟個什麼詩，喝你的酒！」這句話如晴天霹靂從天而降，嚇得吳筆一下子腦子沒搖好，喀擦一聲，脖子扭到了，一屁股跌坐下來，眼睛悄悄往後一看，正是那小老虎站在酒櫃後朝著這邊聲色俱厲的怒斥。

「咳咳……喝酒，喝酒……」吳筆沒了脾氣，一肚子的雅興一掃而空，當先喝下一杯酒，苦，苦不堪言。

推杯把盞，沈傲已有些醉了，平時他喝這古代的酒水，極少喝醉，可是今日不知是不是氣氛太熱烈，十幾杯水酒下來，腦子就有些發懵，起身要去茅房，問明了小二，暈乎乎地到酒樓的後院去。

此時雨已歇下，地上濕漉漉的，空氣倒是格外的清新，這後園種了不少不知名的花兒，在晚風輕快搖曳，沈傲踩過去，看到這空曠之處恰好有個孤零零的茅屋，走進去解了手。

正要出來，卻聽到外面有人道：「小奶奶，來者是客，怎麼能給他們下藥？況且，他們都是學生，真要出了事，可如何是好？小奶奶，你聽我一句勸，就不要胡鬧了。」

接下來的聲音，沈傲隱約認識，脆生生地道：「誰叫那個臭書生盯著我看，這些學生沒一個好的，我最恨讀書人，安叔叔，你放心，我知道分寸的，只是教他們肚子不舒服，斷不會出事。」

想起來了，原來是那個小老虎，學生、下藥？可惡啊，好像還和自己有關。至於那個盯著她看的臭書生是誰？莫非是本公子？咦，這丫頭太記仇了吧，看看罷了，又沒少她幾斤肉，是她自己要拋頭露面的。

那叫安叔叔的道：「小奶奶，武襄公在世時確是受了文臣的氣，可是總不是全天下的讀書人都壞，小奶奶，這件事使不得啊，若是傳出去，誰還敢來這裏喝酒？你爹臨死時，將你托給我看顧，這等事是斷不能做的。」

「好啦，好啦。」小丫頭無辜地道：「我知道了，安叔叔，你說得對，我不下藥就是，你快去給客人結賬吧，我在這裏坐一會兒就回去。」

沈傲心裏想，難怪這丫頭對書生這麼排斥，吳兄只是想作首詩，差點沒被她一句惡語嚇死，原來是因爲這丫頭祖上的關係，他略略一想，狄青確實是因爲受到文臣的打壓和進言，才引起皇帝猜忌，從而憂憤而死的。

沈傲不由苦笑，這丫頭太會記仇，這筆賬，她是把全天下的讀書人都算上了。

那個叫安叔叔的猶豫了一下，又叮囑她：「小奶奶切記，可莫要胡鬧，我先去記賬，你若是乏了，就在這兒歇一歇吧。」隨即腳步聲越來越遠，顯是去前堂了。

沈傲在茅廁裏，一時不好出去，聽到那丫頭低不可聞地冷哼一聲，道：「我就要胡鬧，不讓你知道。」

沈傲無語，心裏很是慶幸，好在本公子聽到了這番話，否則真要著了這個丫頭的道。

那丫頭在後園裏待了片刻，腳步輕輕地竟是往茅廁裏移來。沈傲大驚，奶奶的，這丫頭不會要上茅房吧，若是在這裏撞見，哥哥會很害羞的。

沈傲的心裏正在考慮是不是該出去，正猶豫之間，茅房的柴門被推開，小丫頭貓腰進來，不知從哪裡尋來了火燭、火石喀擦一聲，整個茅房通亮起來。

完了，被發現了。沈傲心裏一緊，隨即又想，我上我的茅房，關這丫頭屁事，雖說孤男寡女的，可是外頭這麼多酒客，還怕她非禮本公子嗎？當作沒事人一樣，就要拉開柴門要走。

小丫頭聽到後頭動靜，嚇了一跳，回眸一看，卻是呆住了。

沈傲見她看過來，也不好意思走了，目視著她，有些尷尬。

「是你！」

燭光之下，小丫頭的近影很是迷人，一張清麗白膩的臉龐，原本小嘴邊帶著的俏皮微笑化爲了震驚，燭光照射在她明澈的眼睛之中，宛然像是兩點寒星。

「咳咳咳……我是來上茅房的，抱歉，打擾了姑娘，我這就走，姑娘自便。對了，還有，剛才你和安叔叔的話，我一句也沒有聽見，真的。」沈傲擺出很無辜的眼神，心裏卻是奸笑不已，揭穿了你的奸計，看你還敢不敢在哥哥的酒裏下藥。

小丫頭怒了，雙眉蹙起，眼眸中殺氣騰騰，怒斥道：「你看看，這裏是茅房嗎？」

不是茅房？沈傲左右四顧，這才發現，這裏確實不是茅房，方才自己摸黑進來，再加上有點兒醉意，稀裏糊塗的就在這裏解了手，現在燭光照耀，才發現這茅屋裏陳設簡單，地上卻擺設著許多盆栽，栽種著各種的花草，這……原來是個花房……

「你……你……你……」小丫頭銀牙一咬，看到一處角落裏濕漉漉的，估計方才沈傲那黃湯，已盡皆淋在了幾個盆栽上，她又是心痛，又是生氣，連續說了幾個你字，氣得連口齒都不清了，好半晌，才完整地道出一句：

「你過來！」

「過去幹什麼？」沈傲睜大眼睛，更顯無辜。

小丫頭冷哼一聲：「讓我打你！」

沈傲生氣了，真的生氣了，你當我是豬啊，就算是豬，會蠢到走到你旁邊去伸臉挨打嗎？她這是在侮辱本公子的智商，實在不可原諒。

沈傲淡笑道：「這就不必了，學生沒有這個嗜好，再見！」拉門要走。

「想走？」小丫頭眼睛毒得很，見沈傲要去拉門，人已如飛燕一般躥了過來，一下子將沈傲攔住。

她個子雖然不高，星眸仰視沈傲，卻是充滿了殺氣，一副銀牙都要咬碎了的樣子。

沈傲板著臉道：「小丫頭，快讓開，你若不讓開，學生可要喊了。」

「你喊什麼？」小丫頭的手捏成了拳頭。

沈傲將手捲成喇叭狀：「非禮啊……」

小丫頭的臉上頓時緋紅起來，見過不要臉的，還沒見過如此不要臉的，怒不可遏地道：「叫你喊，叫你喊！」人已如小蠻牛一般，往沈傲衝過來。

沈傲早有防備，見她靠近，連忙去抓她的肩，想要阻止她的來勢，小丫頭揮起粉拳要打，卻不料沈傲圍魏救趙，一隻手竟搭在她的香肩上。

若說槍棒，十個沈傲也不是小丫頭的對手，可是近身肉搏，沈傲也有自己的優勢，他是大盜出身，手臂靈巧無比，小丫頭快，他更快，捏住她的香肩，隨即身子向前一送，硬生生地想將小丫頭逼退。

可惜沈傲忘了一件事，女人的肩是萬萬不能亂摸的，這一摸，小丫頭就急了，粉拳砸過來正中他的肩窩，騰地他牙齒都要咬碎了。

什麼，居然真敢動手！沈傲生氣了，用上全身的力氣，不顧一切地捏住她的肩，一下子將她擠到牆壁上。

方才瞬間的動作，沈傲挨了一拳，可是小丫頭也沒占到便宜，香肩被沈傲重重捏住，騰地俏臉都紅了。又突然被沈傲用身體一下子撞過來，她的後脊狠狠的貼在牆壁上，大口的喘著嬌氣。

兩個人現在的動作十分怪異，胸脯貼著，沈傲的手搭在小丫頭的肩上，而小丫頭要推開他，手往沈傲的胸脯送。一股少女的體香傳出來，在沈傲的鼻尖之下揮之不散。

「你……你敢還手……」小丫頭想必是刁蠻慣了的，此時見沈傲這般，已嚇得面如土色，又羞又怒，可是沈傲死死捏住她，又用胸膛將她死鎖住，她心中羞愧，一時用不

上勁，竟是掙脫不開。

沈傲冷聲道：「爲什麼不還手？學生一向不和女人翻臉的，可是若有人打我，學生一定十倍百倍的奉還！」

被一個男人頂在牆上，那寬厚的胸膛壓著小丫頭的酥胸，小丫頭縱是有天大的力氣，此刻也使不出來了，一雙眸子升騰出些許水霧，要哭出來。不過她的個性堅強，咬著銀牙愣是強忍著眼角團團的淚水兒，抬起下巴，望著沈傲道：

「你快放了我，否則……否則……」

「否則怎麼樣？否則要打我嗎？」沈傲嘻嘻哈哈，卻一點鬆手的意思都沒有，做人要厚道，小丫頭既然動了手，沈傲自然要豐厚的奉還，這叫禮尚往來。

「你……你……你知道我是誰嗎？」小丫頭氣急了，可是她畢竟經事不多，一下子亂了方寸。

沈傲笑道：「噢，學生竟忘了請教姑娘的芳名，姑娘叫什麼？」

小丫頭原本想威脅沈傲一句，不曾想沈傲竟是順杆子往上爬，嘻嘻哈哈的問起芳名了。

小丫頭怒道：「你聽著，我叫狄桑兒，你……你再這樣，下一次你撞到了我，休怪我不客氣。」

狄桑兒牙齒都要咬爛了，皺著鼻子惡狠狠的道：「我要殺了你，你這個臭書生。」

「桑兒？嘿嘿，好名字，北海雖賒，扶搖可接；東隅已逝，桑榆非晚。夕陽的餘輝照在桑榆樹梢上，天色已晚，這時候，人兒都進入了夢鄉，姑娘取了這麼好的名兒，應當文文靜靜才是。」

狄桑兒撇了撇嘴，滿是不屑的別過頭去。

沈傲恰好看到她的側臉，那鵝蛋般的臉型弧度猶如一條優美的曲線，看得教人心動。近看小美人，雖說是被逼無奈，卻也不錯。

狄桑兒突然細聲軟語道：「公子，你可以放開我嗎？我的肩疼極了。」

少女的口吻說變就變，方才還是雷霆萬鈞，這一刻卻又是如沐春風，沈傲望著她的眼睛，她的眼眸中閃過一絲狡黠，笑道：「小姑娘，還是收起你這套把戲，本公子不吃這一套，誰知道我放開了你，你會怎麼樣？」

狄桑兒冷哼道：「你這無恥之徒。」

「我無恥？」沈傲板著臉道：「是誰先動的手？是誰在這後園裏商量著給酒客下藥，我若是無恥，姑娘又是什麼？」

狄桑兒一下子沒詞了，楚楚可憐的哭道；「我知道錯了，你放開我好嗎？」

見她真的流下眼淚來，沈傲便裝不下去了，畢竟只是個女孩兒，總不能欺得太狠了。心裏一鬆懈，手上的力道不自覺的弱了幾分，這個時候，狄桑兒的勁道突然變得強勁，雙手要去推開沈傲，兩條腿兒亂蹬。

沈傲方知又中了這小妮子的計，側身一讓，趁著這個功夫，那手掌斜斜穿過狄桑兒肋下，狠狠的在她的香臀上重重一拍。

啪……手心擊打在柔軟的臀部，發出很清脆的聲音。

請續看《大畫情聖》八 國策顧問

大畫情聖 七 天縱奇才

作者：上山打老虎
發行人：陳曉林
出版所：風雲時代出版股份有限公司
地址：105台北市民生東路五段178號7樓之3
風雲書網：http://www.eastbooks.com.tw
官方部落格：http://eastbooks.pixnet.net/blog
Facebook：http://www.facebook.com/h7560949
信箱：h7560949@ms15.hinet.net
郵撥帳號：12043291
服務專線：(02)27560949
傳真專線：(02)27653799
執行主編：朱墨菲
美術編輯：許芷姍

法律顧問：永然法律事務所 李永然律師
北辰著作權事務所 蕭雄淋律師

版權授權：蔡雷平
初版日期：2014年2月
初版二刷：2014年2月20日
ISBN ：978-986-5803-32-2

總 經 銷：成信文化事業股份有限公司
地　　址：新北市新店區中正路四維巷二弄2號4樓
電　　話：(02)2219-2080

行政院新聞局局版台業字第3595號 營利事業統一編號22759935

定價 ：280元　特惠價 ：199 元

國家圖書館出版品預行編目資料

大畫情聖 ／ 上山打老虎 著. -- 初版. -- 臺北市：
風雲時代，2013.08 -- 冊；公分

ISBN 978-986-5803-32-2（第7冊；平裝）

857.7　102015353